Aus dem Schneider
Meine schönsten Geschichten

Herbert Schneider

Aus dem Schneider

Meine schönsten Geschichten

rosenheimer

Autor und Verlag danken der *edition schulz*, München, für die freundliche Genehmigung zum Abdruck der Texte »Die Schwierigkeit, sich im Straßenverkehr zu beherrschen« (S. 77), »Herr Doktor, meine Ohren sausen« (S. 95), »Die Tricks der Schwiegermutter« (S. 105), »Freier Germane in der Oper« (S. 121), »Drama beim Haarschneiden« (S. 124), »Ein Dackel wollte Hochzeit machen« (S. 135), »Nicht den Vogel schlachten« (S. 138), »Die Faust im Nacken« (S. 162) und »Aufgefahren in den Himmel der Glückseligkeit« (S. 221), die entnommen wurden aus: Herbert Schneider, *Das Buch vom Schwager*.

Dem Turmschreiber-Verlag, Pfaffenhofen, danken wir für die Abdruckgenehmigung der Texte »Skilehrer – ja oder nein?« (S. 59), »Gefangen im Schnee« (S. 62), »Die Einschläge kommen näher« (S. 102), »Sechs gute Freunde verloren« (S. 128), »Frühling in der Steinzeit« (S. 151), »Streiten, bis die Fetzen fliegen« (S. 175) und »Gemischtes Doppel in der Sauna« (S. 195) aus dem Buch *Bayerische Seiten aufblättern* von Herbert Schneider.

Titelillustration: Dieter Hanitzsch, München
Satz: Impressum GmbH, München
Druck und Bindung: Ueberreuter Buchproduktion GmbH, Korneuburg
Printed in Austria

ISBN 3-475-53295-6

Inhalt

Bayernland und Bayernleut

Bayern gehört mir

Wem gehört eigentlich Bayern? Gewiss nicht der Bayerischen Staatsregierung, der Bavaria oder gar dem FC Bayern! Vielmehr gehört Bayern den Bayern, also uns, dir und mir!

Freilich sind meine Besitzrechte an Bayern nicht überall gleich. Der Spessart zum Beispiel gehört mir weniger als der Wendelstein, der Bodensee weniger als der Chiemsee. Je näher die Örtlichkeiten herangerückt sind, desto mehr werde ich zum Besitzer.

Zur rechten Zeit fahre oder wandere ich durchs weiß-blaue Land, um mich meines Besitzstandes zu vergewissern und zu erfreuen. Was denn nun alles mein sei? So ziemlich alles: die Wiesen und Felder, die Blumen und Wälder, die Äpfel und Nüsse, die Seen und Flüsse, die Raben und Igel, die Täler und Hügel, die Rinder und Rösser, die Burgen und Schlösser, die Kircherl am Wege, die Straßerl und Stege – all das und noch viel mehr gehört mir und natürlich auch den vielen anderen, die nicht gedankenlos auf ihren Mitbesitz verzichten, indem sie leeren Blicks daran vorbeirasen, als gehe sie das alles gar nichts an.

Wer aber die Augen offen hat, der weiß: ihm gehört der Gockelhahn auf dem Kirchturm und das Feldkreuz am Rain, der Nebel über dem Fluss, die Wolken am Himmel, der Raureif am Morgen, das Abendrot am Horizont.

Besitzen heißt Verantwortung tragen! Ich gehe mit meinem Eigentum sorgsam um, bin auf Ordnung und Sauberkeit bedacht, möchte Schönes bewahren und Hässliches verdrängen.

Zu meinem Besitz (für den ich übrigens keinen Pfennig Steuer zu entrichten und keine Mark Schulden abzutragen habe) gehören auch Tausende von Bauernhöfen. Schaut sie nur an, wie sie, stattlich und behäbig zugleich, in der Moränenlandschaft stehen! Auch die Hühner, die im Obstanger nach Regenwürmern scharren, gehören mir. Ich trete ins Haus und fordere von der Bäuerin zehn Eier als Tribut. Da sie natürlich nicht weiß, dass ich Mitbesitzer bin, ich sie damit aber auch nicht erschrecken will, bezahle ich ein Fünferl mehr für das Stück, als sie fordert. Wem so viel eigen ist, der kann großzügig sein!

Bei einem anderen Landwirt habe ich aber dann doch meine Ansprüche durchblicken lassen. Nachdem er, offenbar dank besserer Einsicht, an seinem Hof die grausame Aluminium-Glas-Tür wieder durch ein solides Portal aus Holz ersetzt hatte, sprach ich ihm meine Anerkennung für diese »längst fällige Maßnahme an meinem Hof« aus.

»Wieso dei Hof? Des muaßt ma scho ausdeitschn!«, sagte er. Etwas Bedrohliches schwang in seiner Stimme.

»Im Grundbuch stehst freilich du drin«, beruhigte ich ihn, »aber schau, meine Augn, dene ghört dei Hof so guat wie de dein! Und jetz ham meine Augn wieder a Freid, wenn i an unserm Hof vorbeigeh, hast mi?«

Er hatte mich – und im Grunde nichts dagegen, mich auf diese Weise als Mitinhaber zu wissen. Das Geheimnis verantwortlichen Besitzes besteht eben darin, teilen zu können. Wem so viel Bayern gehört wie dir und mir, der kann, noch mal sei's gesagt, großzügig sein!

Kleines großes Bayern

Als der Vater seinem kleinen Sohn auf einem Schulatlas das Land Bayern zeigte, fing der Bub bitterlich zu weinen an. »Ja, warum weinst denn da, wenn du unser Bayernland siehst?«, fragte der Mann, worauf der Dreikäsehoch unter Schluchzen hervorstieß: »Weil's so kloa is!«

Kein Wunder, die Karte hatte einen Maßstab von eins zu einer Million. Aber erkläre das einmal einem Sechsjährigen! Doch war der Vater mit der Antwort nicht unzufrieden. Sie zeigte, dass in der Brust seines Söhnchens schon ein gutes bayerisches Herz schlug.

»Bayern ist in diesem Atlas nur deshalb so klein, weil es in Wirklichkeit so groß ist, dass es niemals auf einem Bogen Papier, und wäre der noch so riesig, Platz fände!«, sagte er. »Da brauchst nicht weinen! Pass auf: Wie du neulich auf dem Fernsehturm warst – noch zehn Mal so weit wenn die Blicke gereicht hätten, du wärst immer noch in Bayern gewesen. Freilich«, fuhr er fort, »ist Bayern nicht so groß wie Amerika. Aber auch wir haben ein Meer, das Bayerische Meer, den Chiemsee, den die Nichtbayern, die kein richtiges Deutsch können, immer ›Schiemsee‹ nennen. Und jetzt spiel wieder mit deinen Bausteinen!«

Das Thema ließ den Mann aber nun selber nicht mehr los. Er erinnerte sich, gelesen zu haben, dass es auf dieser Erde eine ganze Reihe von Staaten gebe, die kleiner seien als Bayern, darunter Holland, Belgien, die Schweiz und Dänemark. Und außerdem, was die Lebensqualität anbelange – gehörten wir da nicht zu den

Allergrößten? Dem Mann rumorten ein paar diesbezügliche Zitate im Kopf herum, und er fing in ein paar Büchern zu blättern und zu suchen an. Da fand er bald (in »Die Bajuwaren« von Hans F. Nöhbauer) den offensichtlich von einem gelehrten Mönch stammenden uralten Spruch: »Extra Bavariam nulla vita, et si est vita, non est ita«; auf gut Deutsch: »Außerhalb Bayerns ist kein Leben, und wenn, dann doch nicht dieses.«

Wie zur Bestätigung dieses Satzes fand sich gleich darauf (in »Die Isar vom Karwendel bis zur Donau« von Erika Groth-Schmachtenberger und Erica Schwarz) eine Hymne auf Bayern, die Bayerns erster Schriftsteller, Bischof Arbeo von Freising, um 770 niedergeschrieben hatte: »Herrlichstes Land, erstrahlend in Anmut, überreich an Wäldern, fruchtbar an Wein, hoch gewachsen und strotzend in Kraft, aber gutmütig und handsam, das Erdreich gesegnet mit Garben, Zugvieh und Herden so viel, dass sie fast den Boden bedecken, Bienen und Honig in Mengen, in den Seen und Flüssen ein Gewimmel von Fischen, das Land bewässert durch Quellen und Bäche, Salz, was man nur braucht, auch das Bergland fruchtbar und für die Weide bereitet, gute Kräuter im Überfluss, die Wälder prachtvoll besetzt mit Hirschen und Elchen und Auerochsen, mit Gämsen und Steinböcken und mit Wildzeug aller Art ...«

Bis auf Elche und Auerochsen alles noch vorhanden, dachte der Mann und verdrängte den Gedanken über vergiftete Gewässer, verpestete Luft, verbaute Landschaft, auch an Wachstumsfetischisten, Technokraten und Macher, die um des billigen Gewinns der Gegenwart willen lebenswerte bayrische Zukunft aufs Spiel setzen. Trotzdem: Ist von ursprünglicher Substanz, vom »leben und leben lassen«, nicht immer noch sehr viel mehr vorhanden als anderswo? Und weckt das nicht unaufhörlich die Begehrlichkeit der anderen, so dass Bayern schon lange über einen höchst einseitigen Gewinn verfügt, auf den es gern verzichten würde: den Binnenwanderungsgewinn?

Wieder blätterte der Mann in seinen Büchern und fand (in »Was geht mich Bayern an?« von Ludwig Schrott) auch hierzu ein paar gescheite, ja tröstliche Zeilen: »Wie oft hat Bayern schon Zugereiste in großer Zahl aus anderen deutschen Gauen und europäischen Ländern aufgenommen und verdaut. Manchmal hat es Aufstände gegeben, gewiss; aber schon in der zweiten Generation waren die Fremden eben Bayern, und der Pfälzer Franz von Kobell hat auf einmal in altbayrischer Zunge geredet und gedichtet, so dass wir ihn heute noch zu den Ahnherren unserer Mundartdichtung zählen. Herrscherhäuser, die Bayerns Selbständigkeit bis zum Äußersten verteidigt haben, sind nichtbayrischen Blutes gewesen. Die assimilierende Kraft des bayrischen Volkstums kann kaum überschätzt werden ... Übrigens wandern nicht selten solche Familien nach Bayern ein, in denen schon eine gewisse Neigung zu unserem Land und unserem Volk vorhanden ist. Man bringt oft den guten Willen mit, sich hier wirklich einzubürgern. So kann es geschehen, dass derartige Wahlbayern schon heute für bayrische Belange geradezu auf die Barrikaden steigen.«

Ja, solch lobenswerte Wahlbayern kennt der Mann auch. Und erst recht stimmte er zu, wenn er weiterlas:

»Es muss nur zur Kenntnis genommen werden, dass wir Bayern unsere eigene Art und Sprache nicht aufopfern wollen, und dass auch diejenigen, die zu uns kommen, einen Gewinn davon haben, wenn sie das Besondere an uns Bayern respektieren. Denn von diesem Besonderen rührt ja das her, was man vielfach bei uns sucht ...«

Aber die eigene Sprache, ist die nicht in tödlicher Gefahr, bald endgültig niedergewalzt und kaputtgemacht zu werden? In dem Buch »Liberalitas Bavariae« von Georg Lohmeier fand der Mann in dem Kapitel »Wert und Ehre der Bayerischen Sprache« schöne und wahre Worte zu diesem Thema:

»Wir brauchen die Nestwärme der angestammten Sprache, um überhaupt erst gemütlich leben zu können. Das Bier würde nicht mehr so gut schmecken, die Landschaft wäre nicht mehr schön, man wäre ein Fremder unter Fremden, ohne bairischen Laut. Denn das, was wir Heimat nennen, das ist zuallererst die Sprache ... Die Sehnsucht Heimat liegt auf der Zunge, wurzelt im uralten Klang. Vielfältig und originell, berühmt auch in den Werken eigener Dichter, voll menschlicher Wärme und barfüßiger Schönheit ist die selbstständige bayrische Mundart an Ehren reich ...«

Angenehm erwärmt von seinen Lesefrüchten, räumte der Mann die Bücher und den Schulatlas beiseite und holte dafür den Globus hervor, den ihm zwei aufrechte Bayernmädchen zu Weihnachten geschenkt hatten. Darauf erstreckte sich neben blauen Ozeanen nichts als das Land Bayern, vom Karwendel bis hinauf nach Hof, vom Bayerischen Wald bis Aschaffenburg und Lindau. Bayreuth lag auf diesem weiß-blauen Globus auf der

Höhe des Nordpols, Oberstdorf nahe der Antarktis. Und der Mann rief seinen Sohn und sagte, mit zwei Händen diesen bayerischen Kontinent, diese bayerische Welt umfassend:

»Schau her, damit du nie wieder weinen musst – so groß ist Bayern!«

Der Kelte in uns

Wenn auf den Bergen die Sonnwendfeuer brennen, der (Alpenvereins-)Bursch sein (Alpenvereins-)Madl packt und mit ihm, den Urschrei auf den Lippen, über die auflodernden Flammen springt und wenn dann noch einer eine verbeulte Mundharmonika aus der Tasche zieht und »La Montanara« spielt, dann vergisst unsereins die Gegenwart mit ihren Depressionen und Rezessionen und beginnt weit zurück in die Vergangenheit zu träumen, in die Jugendzeit unseres Herkommens, zurück zu den Göttern und Zeichen, die schon lange tot und vergessen sind. Oder liegen sie bloß verschüttet unter der Asche wie jener Ast, den jetzt das Feuer erfasst, so dass er erst zaghaft und dann immer heller zu brennen anfängt?

Die keltische Isar waren wir entlanggefahren, ehe wir den Berg unter die Stiefel genommen hatten. Als die Dämmerung herabsank, wurde der sorgfältig aufgeschichtete Holzstoß entzündet, wie es schon die Kelten hier und anderswo an ihren kultischen Festtagen getan haben mögen, zwei Jahrtausende und länger zurück.

Noch in meiner Schulzeit waren uns die Vorbewohner Bayerns, die Kelten, diskret verschwiegen worden. Wir waren, so stand es im Geschichtsbuch, und Hunderte von Jahren hatte es einer vom anderen abgeschrieben, vom Land Böhmen eingewanderte Bajuwaren – und damit basta.

Schon damals hatten einige von uns das nicht recht glauben wollen. Nein, das konnte nicht wahr sein, dass wir irgendeinmal irgendwo anders gewesen sein konnten als hier! Auf eine unerklärliche Weise fühlten wir uns als Schon-immer-da-Gewesene.

Man musste der Wissenschaft nur Zeit lassen. Kaum waren dreißig Jahre verstrichen, wurde unsere Vermutung glänzend bestätigt. Nun hieß es auf einmal, die Kelten seien, als die Bajuwaren einwanderten, in ihrer Grundsubstanz erhalten geblieben. Zwar wurden sie, die vermutlich sogar die Mehrheit bildeten, vorerst auf die schlechteren Böden gedrängt, doch nach ein paar Generationen werden sie sicher neben den Neuzuzüglern gleichberechtigt am Wirtshaustisch gesessen haben.

Denn sie waren ja den Bajuwaren von der ersten Stunde an unentbehrlich. Erstens waren sie vorzügliche Handwerker und Bauern, zweitens wussten sie von alters her, aus welcher Ecke der gute und aus welcher der schiache Wind wehte, und drittens war das Bier, das sie zu brauen wussten, ungleich süffiger als das Bajuwaren-Pils.

Beim flackernden Feuer, das mir angenehm die Vorderfront und die Fantasie erwärmt, kann ich mich gut in den keltischen Urahn jener Jahre hineinversetzen.

Erfreut wird er zuerst nicht gewesen sein über die Zuzügler, das lässt sich denken: Kaum, dass sich die Römer verdrückt haben, soll er nun den Bajuwaren zinspflichtig sein! Aber was hilft das Jammern? Besser ist es, sich anzupassen. Nun, so leiht er halt wohl oder übel dem neuen Nachbarn, der sich so aufspielt, seinen zweirädrigen Pflug, der dem der Neuankömmlinge weit überlegen ist, und da diese Leute außerdem sprachunbegabt sind und weder Keltisch noch Latein verstehen, lernt er eben in kürzester Zeit ihre Sprache.

Mein gegenwärtiger Nachbar, mit ziemlicher Wahrscheinlichkeit ebenfalls Kelte, schreckt mich aus meinen Gedanken. »Was stierst denn so traamhappert ins Feia?«, fragt er. Und bei diesen Worten wird es mir auf einmal klar, wie interessant wir dazumal das Altbajuwarische verfremdet haben müssen, indem wir es einfach keltisch ausgesprochen haben. So dass es für die übrigen Germanen fast zu einer Fremdsprache wurde.

Um auf die zugewanderten Nachbarn von damals zurückzukommen: Vielleicht haben sie bloß eine Tochter gehabt, und mein Sohn hat um sie gefreit. Als dann ihr Vater gestorben war, wird es schon ganz nach Keltenbrauch eine große Leich mit einem gewaltigen Leichenschmaus gegeben haben. Nun war mein Sohn Herr von Sindlding – oder wie sie sonst ihren Weiler getauft hatten.

Und wie ich jetzt den Hans und die Hilde, die gerade übers Feuer gesprungen sind, wie selbstverständlich in den Latschen verschwinden seh, denk ich mir, dass es dazumal wohl überall eine große Fraternisation gegeben haben wird. Denn die rötlich-blonden Keltenmädchen mit ihren Pferdeschwanzfrisuren waren eine Schau, und die keltischen Burschen mit ihren damals wie heute modernen Schnauzbärten nicht minder.

Jetzt reimt sich auch auf einmal zusammen, dass die Bayern und Schwaben in der Hauptsache von irischen und schottischen Mönchen christianisiert worden sind. Es waren sozusagen keltische Landsleute von uns, von denen wir uns viel eher etwas sagen ließen.

Wenn uns die Charaktereigenschaften der Kelten aufgezählt werden, kommt einem vieles bekannt vor, ja, manchmal möchte man direkt »hier« schreien. Sie sollen gewesen sein: tapfer, streit- und rauflustig, aufbrausend, ruhmsüchtig, anpassungsfähig, schnell beleidigt und schnell entflammt, aber bald auch wieder uninteressiert; dazu große Trinker, Esser und Festefeierer. Sie liebten den Lärm, gewaltige Gesänge (Oktoberfest!) und hatten ein schauderbares, bis ins Mark der Feinde dringendes Feldgeschrei. Gerechtigkeitssinn, Erfindungsgabe, handwerkliches Können und künstlerischer Geschmack zeichneten sie aus. Auch liebten sie Schmuck, besonders dann, wenn er richtig klapperte und schepperte. Wem fällt da nicht sofort die klimpernde Talerkette unserer Bauern oder der wieder groß in Mode gekommene Charivari ein!

Das Feuer ist niedergebrannt. Langsam steigen wir durch die Nacht hinab zur Hütte. Und ich denke an jenen Abend in Irland, als ich in einer Kneipe meine keltischen Vettern ihre Lieder singen hörte in einer Sprache, die vielleicht auch einmal unsere Sprache gewesen ist, und wie mir später ein weit gereister Ire sagte, dass er sich in Bayern sofort wie zu Hause fühle, weil die Leute dort von gleicher Art und gleichem Zuschnitt seien.

Keltisches Blut, wo fließt du nicht überall: in Frankreich und Spanien, in Oberitalien und England, in Süddeutschland und Österreich, in Irland und in der Schweiz! Vor lauter Begeisterung stolpere ich über eine dicke Wurzel, und da fließt es auch noch am Hinteren Gamsstein, das rote, springlebendige Keltenblut.

Bairisch für alle

Wie damals der Religionslehrer vom Pfingstwunder erzählte, also vom Heiligen Geist, der in Gestalt feuriger Zungen über den Häuptern der Apostel erschien, worauf sie sozusagen von einer Minute zur anderen mehrsprachig wurden, blickte ich verstohlen nach oben, ob vielleicht nicht auch über meinem Kopf so ein wundersamer Sprachenvermehrer schwebe; denn für die nächsten Tage waren wieder grausame Schulaufgaben in Französisch und Latein angesagt.

Natürlich war es dem Heiligen Geist nicht im Traum eingefallen, das Hirnkastl des gestressten Oberschülers zu erleuchten und etwa den Vokabelschatz der zur Debatte stehenden Lektionen einzuspeichern, von der dazugehörigen Grammatik ganz zu schweigen. Und so musste ich mich wieder einmal selber auf den wepsigen Hintern setzen und hart büffeln, anstatt auf der Theresienwiese aufs runde Leder zu hauen.

Ist das Leben nicht schon schwer genug – muss die Menschheit auch noch ein paar hundert verschiedene Sprachen sprechen, die sich ebenso krass voneinander unterscheiden wie Taubengurren von Pferdewiehern, wie Grillengezirpe von Ochsengebrüll, wie Entengeschnatter von Affengekreisch? Hätte nicht eine einzige Sprache für alle – sagen wir gleich einmal der Einfachheit halber Bairisch – genügt? Dann hätte sich nämlich der Heilige Geist zu Pfingsten gar nicht eigens herabbemühen müssen.

Jeder hätte jeden verstanden, statt Fremdsprachenunterricht hätte man Turnen oder Singen gegeben und sich den ganzen Schnickschnack wie Sprachenschulen, Dolmetscherdiplome und Übersetzungsbüros schenken können.

Wie viele hoffnungsvolle junge Menschen mussten und müssen weiterhin allein wegen Latein, einer Sprache, der sich die fortschrittlichen Italiener längst entledigten, ins Durchfaller-Gras beißen! Wie stark muss die Lobby der Lateinlehrer in diesem unserem Lande sein, dass ihnen immer wieder neue Schülerjahrgänge aufgeopfert werden! Unter ihrem Einfluss ließ sogar der ehemalige bayerische Landesvater Franz Josef von Zeit zu Zeit lateinische Brocken auf die erstaunten Zehen seiner Untertanen fallen.

Bei einer einzigen Sprache gäbe es sicher auch weniger Kräche und Kriege. Weil die ewigen Missverständnisse, von Dolmetschern oft noch verschlimmert, endlich wegfielen. Jeder würde im anderen viel eher den Bruder, die Schwester, den Onkel Wasti, die Tante Frieda und die liebe Schwiegermutter erkennen.

Was sich übrigens der Heilige Geist dabei denkt, wenn er gelegentlich über dem Hinterkopf einer gewissen Münchner Metzgerin erscheint, so dass sie mit ausländischen Mitbürgern in folgender Rindszunge redet: »Wenn du wollen warmen Leberkäs, dann du müssen kommen fünf Uhr retouri«, das möchte ich zum Schluss auch noch gerne wissen!

In Bayern Föhneinfluss

Wenn von einem Tag zum anderen das Vogelzeichen von Auto zu Auto überhand nimmt; wenn in erschreckendem Ausmaß Gartenzäune und Litfaßsäulen umgefahren werden; wenn der Verbrauch von Kopfwehtabletten sprunghaft in die Höhe steigt; wenn vielerorts der Haussegen schief hängt; wenn in Krankenhäusern nur in Notfällen operiert wird; wenn in Prüfungen von hundert Kandidaten fünfundneunzig durchfallen; wenn die meisten Leute durch die Gegend schleichen, als seien sie von Matthofen oder Schlapphausen; und wenn das eigene Ohrensausen die Vorhersage im Radio übertönt, die Wetterlage werde vom Föhn bestimmt: dann herrscht er, der Gefürchtete, tatsächlich in all seiner schrecklichen Macht und Herrlichkeit.

Ja, schrecklich und herrlich ist er, der Föhn, und ein Nichts und Niemand ist gegen ihn der gleichnamige Haartrockner, der seinen schmalbrüstigen warmen Blaserer aus der Steckdose holen muss. Schaut bloß hinaus aus dem Fenster, wie der Naturbursch aus Tirol das Gebirge, siebzig und hundert Kilometer weit entfernt, an München heranrückt, wie er die gipfelgezackten Kulissen aufbaut, als sollte »Der Wildschütz Jennerwein« in Freilichtaufführung gespielt werden.

Der Föhn macht vieles, wenn nicht gar alles, erklärlich und entschuldbar. Wenn einer seine Schwiegermutter beißt, kann er in München mit fünfzig Mark Geldspende an das Rote Kreuz davonkommen, falls seinem Verteidiger der Nachweis gelingt, dass an jenem Tag Föhn war. Und eine erfahrene Braut wird es ganz in

Ordnung finden, wenn ihr Bräutigam, ein durchaus noch rüstiger Rentner, sich ihr in der Hochzeitsnacht nicht zu nähern vermag; weil eben Föhn ist.

Den Kindern kann der Föhn noch nicht viel anhaben, den alten Leuten umso mehr. Er, der ein Feind des Kreislaufs und ein Freund des Herzkasperls ist, fährt ihnen in alle Glieder, und manche haben dieselben schon für immer ausgestreckt, wenn er mit Sturmesgewalt an ihren Fensterläden gerüttelt hat. Es gibt hierzulande aber nicht nur Millionen Föhnempfindliche, es gibt auch noch Vorföhner und Nachföhner, weshalb man in Oberbayern nie vor Beleidigungen sicher ist. Der Vorföhner fühlt den Föhn schon tagelang vorher herannahen. Ist er dann endlich da, so bessert sich sein Zustand wieder, wahrscheinlich vor Freude. Im Nachföhner klingt der Föhn noch einige Zeit nach.

Man hört manchmal von Unglücklichen, die Vorföhner, Föhner und Nachföhner in einer Person sind. Wegen der Schwere ihres Leidens nimmt sie keine Krankenkasse als Mitglied auf.

Und wenn man sich gleich einsperrte, hinter dicken Mauern verschanzte oder in eine Höhle verkröche, man entränne ihm nicht, dem Föhn – es sei denn, man ergriffe die Flucht in Richtung Norden. Der Donau zu wird seine Macht immer kleiner, und dahinter hat er kaum noch was zu melden. Man kennt ihn dort nur aus dem Lexikon und fallweise aus unerklärlichen Beschlüssen der Regierung zu München, die nur durch den Einfluss des tückischen Alpengebläses erklärbar sind. So dass man sagen kann, dass letztlich doch ganz Bayern unter dem Föhn zu leiden hat.

Es gibt allerdings auch in den hiesigen Landstrichen Menschen, die über eine solch ungehobelte Natur verfügen, dass der Südwind nicht an ihr zentrales Nervensystem vorzudringen vermag. Diese Leute täten besser daran, Föhnfühligkeit wenigsten vorzutäuschen, als sich immer wieder, wenn alles ringsumher stöhnt und ächzt, als unempfindliche, grobe Lackeln darzustellen.

Ganz abgesehen davon, dass es immer gut ist, den Föhn in der Hinterhand zu haben, wenn man einem Schutzmann den Vogel gezeigt hat und dieser zufällig nicht der verflossene Münchner Oberbürgermeister gewesen ist.

Die Jahresringe der Heimat

Klein ist die Heimat, wenn der Mensch klein ist. Das Mietshaus in der Vorstadt, der Hof davor und der Hof dahinter, das war die Heimat der ersten Jahre. Das Gittertor, auf dem wir auf und ab kraxelten, grenzte sie ab von den Gefahren der Straße, die Durchfahrt mit den Teppichstangen auf der Seite von der fremden Welt anderer Hinterhöfe.

Der Gagge und die Mausi, der Fredi und die Erika, der Herr Hader und die Frau Kößl und noch ein Dutzend andere bevölkerten diese erste Heimat. Ihre Kernzelle war die Wohnung im dritten Stock.

Da war alles heimelig und vertraut: die blaue Küchenuhr mit der aufgemalten Windmühle, die der Reihe nach aufgehängten Waschlappen am Brunnen, der Ofen mit Kohlenkiste und Grandl, der Küchenschrank mit all seinem Inventar und Krimskrams, der Briefschlitz, hinter dem man, unsichtbar geborgen, fremde Eindringlinge ausspähen konnte.

Die Mutter, selber noch jung, Hemden bügelnd und dabei von einem Mariechen singend, das ihr verlassenes Kind in den Armen wiegt, der Vater, der abends vergnügt vor sich hin pfeifend vom »Gschäft« heimkam, das waren die zwei Pfeiler, auf denen diese erste Heimat fest gegründet war.

Ein Jahr verging, zwei Jahre vergingen. Was lag hinter den beiden Toren? Mit dem Radlrutsch (heute hat man das viel farblosere Wort ›Tretroller‹) erkundeten wir die Welt jenseits der Gemarkung. Wir fanden sie unserer Welt sehr ähnlich, und die Menschen dort auch.

Eigentlich gab es keinen Unterschied. Da wuchs die Heimat plötzlich um einen Straßenzug.

Und dann gingen wir in die Schule. Dort fanden wir neue Freunde. Sie wohnten über ein Dutzend Straßen und Plätze verstreut. Bald spielten wir in ihren Höfen und sie in den unseren. Da wuchs die Heimat wieder, und eines Tages glaubten wir zu wissen, was unsere Heimat sei: unser Viertel, unser Stadtviertel.

Ein stolzes Gefühl durchdrang uns, weil wir gerade diese »Viertler« waren und keine anderen. Wir hänselten jene, die andere Kinos, andere Kramerläden und andere Oberlehrer hatten. Und sich auf keinen Fall mit uns vergleichen konnten.

Ein paar Jahre lang glaubten wir das allen Ernstes. Dann bröckelte auch dieser Glaube, es war halt doch nur ein »Viertelglaube«. Am Ende meinten wir, die Stadt in ihrer Ganzheit, die uns geboren und geprägt hatte im Reden und Denken, das sei unsere Heimat.

Doch die Heimat wurde noch einmal größer, wuchs mit den Jahren weit über uns und unseren Geburtsort hinaus. Schon während der Schulzeit hatte uns so manches Buch Sinn und Herz für das Land, unser Land, geöffnet, und nun kam, als wir selber hinausfuhren, die eigene Erfahrung hinzu. Wir lernten die Welt unserer Großmütter und Großväter kennen, sahen die Kraft und Herrlichkeit des Landes, erkannten seine Ruhe und Beharrlichkeit, und auf einmal wussten wir: Die Stadt allein ist's nicht, erst mit dem Land zusammen wird sie zur ganzen Heimat.

Ist also unsere Heimat die Bundesrepublik? Ich meine, dass Deutschland unser Vaterland ist, unsere Heimat aber, in der wir daheim sind, mit dem Herzen und dem Gemüt, kann nur Bayern sein.

Buckelauf, buckelab zog ich dahin, die Vögel sangen, die junge Saat spross mit sattem Grün aus dem Boden, und da überholte ich eine alte Bäuerin, die ihr Fahrrad mühsam den Berg hinaufschob. Und ich sagte: »Grüaß di, Maamm, geh, lass mi dei Radl schiam, i hob no jüngere Füaß!«

Oben angekommen, sagte sie »Vergelt's Gott«, und ich solle mitkommen, weil ich eine Nudel bekommen müsse. Und da liegt rechter Hand ein stattlicher Bauernhof, und ich sitze auf der Hausbank, auf dem Schoß eine schnurrende Katze, und esse die Schmalznudel, und wir reden über das Wetter und die weißen Tauben, die auf dem Dach in der Sonne sitzen, und wir brauchen für nichts einen Dolmetscher und spüren insgeheim: Wenn auch ich aus der Stadt komm und sie auf dem Land lebt, so sind wir doch aus dem gleichen Holz geschnitzt, sind vom selben Schlag.

Und das ist Heimat: Verständnis, Geborgenheit, Gleichklang. Von den Hinterhöfen der Kinderzeit bis zu den Bauernhöfen der Vorfahren spannt sich der weiß-blaue Himmel.

Das bayerische Du

Es gab einmal eine (noch nicht allzu weit zurückliegende) Zeit, da hat es ein spezielles bayerisches Du gegeben. Aber dann hat ihr berüchtigter Zahn begonnen, es langsam abzunagen, bis nur noch ein paar Stummel übrig geblieben sind. Wer heute das bayerische Du Leuten gegenüber anwendet, mit denen er nicht von vornherein auf vertrautem Duzfuß steht, begeht unter Umständen sogar ein strafwürdiges Delikt.

Zumindest auf dem Land duzten sich um und auch noch lang nach 1900 durchwegs alle. Das ungewohnte »Sie« wollte einfach nicht über die Lippen, selbst vor Amts- und Würdenträgern kam es, wenn überhaupt, nur stockend heraus. Betrat der Ortsgeistliche die Wirtsstube, tönte es vom Stammtisch herüber: »Bist aa da, Hochwürden, hock di her!«

War der Angesprochene über solche Anrede beleidigt? Keineswegs: Das Du signalisierte ja Sympathie, Einbezogenheit, Dazugehören. Es war das Übliche. Aufhorchen hätte er eher müssen, wenn ihn einer aus dieser Runde gesiezt hätte. Das hätte womöglich Reserviertheit, ja sogar Feindschaft bedeutet.

Von solcher Denkweise ist man heutzutage meilenweit entfernt. So kennen wir Fälle, in denen sich ein bayerischer Polizist beamtenbeleidigt fühlte, weil er von einem Verkehrssünder mit »Du« angeredet worden war. Und in denen sich gleich ein Richter fand, der den Duzer zu einer Geldstrafe verurteilte.

Dass – und das nicht nur in Bayern – selbst der liebe Gott und alle Heiligen mit Du angeredet werden, hatte der betreffende Jurist offenbar nicht im Hinterkopf. Bekanntlich heißt es nicht »Vater unser, der Sie sind im Himmel« und auch nicht »Gegrüßt seien Sie, Maria«, wie es auch keinen einzigen Heiligen gibt, den man mit »Bitten Sie für uns« anstatt mit »Bitt für uns« anriefe.

Die Zeiten eines gelassen und volksnah richtenden Königlichen Bayerischen Amtsgerichts sind eben schon lange vorbei!

Was es mit dem bayerischen Du in Wahrheit auf sich hat, zeigt am besten folgende kleine Geschichte: Der kleine Maxl ist von seiner neuen Lehrerin begeistert. Weil er sie aber immer wieder mit Du anredet, muss er fünfzig Mal den Satz »Ich darf die Lehrkraft nicht duzen« schreiben. Als er seine Strafarbeit abliefert, stellt die Lehrerin erstaunt fest: »Du hast ja den Satz gleich hundert Mal geschrieben.« Darauf der Maxl treuherzig: »Weilsd as du bist, Freilein.«

Mit Du angeredet zu werden erscheint heute manchen fast wie Majestätsbeleidigung. Die echten Majestäten dachten da, zumindest in Bayern, anders. Blättert man im königlich-bayerischen Anekdotenschatz, so stößt man immer wieder auf das bayerische Du, das auch vor König und Prinzregent nicht Halt machte. »Weilsd nur grad da bist, Maxl«, soll der erste bayerische König Max I. Joseph von einem Untertanen begrüßt worden sein.

Und der Herr Kini genoss es sichtlich, badete sich im Du des Volkes. Und fragte ihn die Sennerin auf der Alm: »Wuist an Schmarrn, Majestät?«, so war ihm das gewiss lieber, als wenn sie katzbuckelnd geschraubt gesagt hätte: »Begehren Königliche Hoheit, allergnädigst von meinem selbst zubereiteten Holzhackerschmarrn kosten zu wollen?«

Freilich, heute sind wir des bayerischen Du ziemlich entwöhnt. Wenn es uns unvermutet trifft, schauen wir zunächst einmal etwas verwundert drein, versuchen zu prüfen, wie es gemeint ist: abwertend, anbiedernd oder freundschaftlich.

Ein paar alte Bauern habe ich noch unter meinen Bekannten, die, von Jugend an daran gewöhnt, unbeirrt beim bayerischen Du geblieben sind, und ebenso eine muntere Geschäftsfrau in einer Landgemeinde. Bei ihr übe ich manchmal das bayerische Du, damit ich's nicht ganz verlerne. Unsere Unterhaltung verläuft dann etwa so: »Grüaß di, Herr Schneider, wo fehlt's 'n?« – »Schau her, Chefin, des is des Kabel von meiner Frau ihrm Bügeleisen, da is wahrscheinlich a Kurzer drin. Kaannt's dei Mo amoi oschaugn?« – »Wird gmacht. Schaugst hoit übermorgn wieder vorbei, oder soi i di oruafa?«

So vui schee is des bayerische Du, wenn's die richtige Person rauslässt. Leider ist es schon so weit gekommen, dass ich absichtlich einen Kurzen fabrizieren muss, um wieder einmal in seinen Genuss zu gelangen!

Bayerische Oase mit zehn Buchstaben

Bayerische Oase mit zehn Buchstaben? Ob das nun 7 waagrecht oder 19 senkrecht wäre – ein Kundiger brächte stets »Biergarten« heraus.

Da gibt's einmal die großen hauptstädtischen und dann die kleinen, abseitigen. Ihre Lage vertraut man nur guten Freunden an, sie sollen schließlich nicht auch noch zu überlaufenen Tausend-Trinker-Territorien werden.

Doch haben, je nach Gemütslage, beide ihre Reize. Wer in einer Masse von Gleichgesinnten, ähnlich einem Fußballfan in der richtigen Stadionkurve, verweilen möchte, der kann sein Ich-Gefühl zum berauschenden Wir-Erlebnis steigern; wer Ruhe und überschaubare Behaglichkeit sucht, der wählt jene Kastanienbäume, die in versteckten Hinterhöfen oder weltvergessenen Dörferln ihre Äste über masskrugbestandene Tische breiten.

Dem bayerischen Biergarten wird von Anfang an nachgerühmt, dass es auf seinen schlichten Bänken und Stühlen keine Standesunterschiede gebe, dass der Herr Regierungsrat »anstandslos« neben dem Bauhilfsarbeiter seinen Radi salze. Hat er also erreicht, wonach ganze Ideologien vergeblich strebten – die klassenlose Gesellschaft?

Lassen wir die Frage unbeantwortet neben der Schänke stehen, wenden wir uns lieber der Kleiderordnung zu. Also: Feines Tuch ist im Biergarten nicht gefragt, eher schon grobes, zerknittertes Leinen, flatternde Baumwolle. Alles halt, was unter den Begriff »salopp« fällt.

Obwohl im Biergarten Krawattenzwang ein Absurdum wäre, kann doch, wenn er's durchaus nicht lassen kann, der elitäre Knilch auch »mit« erscheinen, ohne dass wer daran Anstoß nähme. Allerdings sollte dann auch er nicht die Nase rümpfen über den Jogger, der im gleichnamigen (und leicht verschwitzten) Anzug den Biergarten zu Rast und Stärkung anläuft.

Merke: Die Aura, die den Biergarten umschwebt, ist aus Toleranz gestrickt! Und darum darf auch der Nichtbayer, wenn er unbedingt darauf besteht, Weißwürste mit Sauerkraut bestellen oder Limburger mit Marmelade, gleichwie wir dem Herrn Nachbarn sein »Bleifreies« (wie das alkoholfreie Bier gern umweltfreundlich genannt wird) nachsehen. Kennen wir die Radar-Kontrolle auf seinen Heimfahrstraßen, wissen wir um seine Leberwerte? Na also!

Menüs, ob nun mit fünf oder drei Gängen, sind im Biergarten nicht gefragt. Das Bier ist Trumpf, und das sättigende Wort dazu heißt »Brotzeit«. Ein Wurstsalat (natürlich aus Regensburgern) mit weißen Zwiebelringen, ein Emmentaler mit schön gereiften Löchern, ein kerniges Bauernbrot dazu oder auch der legendäre und schwer zu beschreibende »Obaatzte« sind die handgeschriebenen Renner auf der Schiefertafel. Auch ein Presssack in Essig und Öl oder ein kalter Leberkäs in der Größe eines Zigarrenschachteldeckels, garniert mit Essiggurkerl und Tomatenschnitzel, finden neben Braten- und Knöcherlsulzen ihre Liebhaber.

Wem der Gusto nach »Warmem« steht, der findet da und dort auch Haxen und Hendl, die sich am Spieß drehen, oder bekommt, wenn eine solide Mannschaft im Hause köchelt, das übliche Braten-Sortiment.

Noch eine wichtige Frage: Darf man sich seine Brotzeit – kostenhalber – auch selber mitbringen? In der guten, alten, schlechten Zeit war das allgemein der Brauch. Heute wird es da und dort nicht gern gesehen. Immerhin: Man duldet es. Und mancher Wirt, der sich der Nostalgie verpflichtet fühlt, springt sogar über den eigenen Schatten und vermerkt ausdrücklich auf einer Tafel, dass sie mitgebracht werden darf, die Brotzeit. Er lebe hoch und nochmals hoch! Schade, dass wir seinen Hinweis zu spät wahrgenommen haben!

Wenn wir aber doch einmal mit einem prall gefüllten Brotzeitkörberl einlaufen, sollten wir's die Kellnerin, damit ihre Gartenlust nicht zum Gartenfrust werde, nicht büßen lassen und ihr ein Trinkgeld geben, das sie für unseren »Frevel« entschädigt.

Es sei denn, sie knallt uns die Masskrüge mit solch überschäumender Wut vor die Nase, dass es unseren mitgebrachten Aufschnitt vom Tisch schwoabt. Dann natürlich lassen wir uns bis aufs Fünferl genau herausgeben! Denn dann hört sich die Gemütlichkeit selbst im Biergarten auf!

Rund um den Allerwertesten

»Scho wieder a neue Faltn im Gsicht«, hat die Tante Theres gesagt, »und am Hintern hätt i so vui Platz!«

Das Gesäß, das Hinterteil, der Allerwerteste, der Popo, der Hintere, das Rückgebäude, der verlängerte Rücken, der Popocatepetl, das Hinterquatier, die hintere Extremität, die vier Buchstaben: allerlei Umschreibungen müssen herhalten, damit der nackte »A…« nicht über die Lippen zu springen braucht.

Zumindest in den besseren Kreisen galt er lange Zeit für unaussprechlich. Anstatt schlicht »I hab ma mein A… auskegelt« zu sagen, verlautbart man vom Oberinspektor aufwärts: »Ich habe mir mein Gesäß verrenkt!«

Die unteren Volksschichten gebrauchen dagegen den A… ohne jede Scheu, ja sogar mit breitem Behagen. Und das seit der Erschaffung dieses harschen Wortes in einer weit zurückliegenden, sprachschöpferischen Sternstunde.

Nicht alles ist bös gemeint, was im persönlichen Umgang mit A… bezeichnet wird. Ein »Oschal« zum Beispiel ist ein tolpatschiges, hilfsbedürftiges, aber sonst durchaus liebenswertes Wesen. Und in der Regel auch nicht mit einem breiten A…, sondern mit einem niedlichen »Oschal« ausgestattet.

Wer freilich als A… mit Ohren bezeichnet wird, der sollte schon einmal in den Spiegel schauen, ob es sich da um eine glatte Verleumdung handelt oder ob vielleicht doch etwas Wahres an dieser Behauptung dran ist.

Leider kommt aus dem A… etwas Peinliches heraus, das schon kleine Kinder hierzulande als »Bumps« begreifen lernen, während es in nördlichen Gefilden »Fürzchen« genannt wird. In gehobenen Schichten spricht man dagegen von »Wind« und benützt in diesem Zusammenhang auch noch das Wort »streichen«, als ob es sich um ein Geigensolo handelte.

Niemand kann den Verfasser dazu provozieren, das Vulgärwort für diese Art von Musik auszusprechen. Obwohl das, was darauf meist folgt, die geballte Ladung nämlich, heute überall, selbst am Theater und in der Kulturszene, ohne Scheu in den Mund genommen wird: »So ein Scheiß!« Das gehört heute zur sprachlichen Standardausrüstung jedes Gymnasiasten, und ein Sechser in Mathematik wird den Eltern bis hinauf in die Ministerränge mit der Formel »Ich hab Scheiß gebaut« angekündigt.

In diesem Zusammenhang darf natürlich auch jene herbe Aufforderung nicht vergessen werden, die unter dem Decknamen »Götz von Berlichingen«, aber auch als »Ladung auf Kirchweih« oder »der bayerische Gruß« hinreichend bekannt ist.

Ob man sich damit strafbar macht, entscheiden hohe Gerichte je nach Urwüchsigkeit der Landschaft und ihrer Menschen. Zumindest wissen volksnahe Juristen, dass der volkstümliche Kraftspruch neben Verwunderung, Bestürzung und eigenem Missvergnügen auch höchste Anerkennung ausdrücken kann, besonders, wenn er mit »Ja, mi leckst ...« eingeleitet wird.

Neuerdings zeigen erboste Autofahrer mit einer Handbewegung von penetrantem Symbolgehalt, für was sie den andern halten: für weniger als nichts – nämlich ein Loch, ein ganz bestimmtes. Diese lautlose Verbalinjurie ist strafbar und kann bisher nicht von der Steuer abgesetzt werden.

Möglicherweise zischeln nach Erscheinen dieser anrüchigen Sprachstudie nun einige hinter mir her, dass er sich damit ins benehmerische Abseits gestellt habe. Er antwortet darauf mit einem zweiten Wort der Tante Theres: »Was d' Leut hinter meiner redn, des sagn s' zu meim Osch!«

Niederbayerische Bauernhochzeit

Neun Niederbayerinnen, und weiß Gott nicht mehr die jüngsten, haben es fertig gebracht, mich sportlich ambitionierten Großstadtmenschen auf dem Zahnfleisch dahinkriechen zu lassen. Es waren ehrengeachtete Ökonomensgattinnen, die in ihrem Leben wohl noch nie einen Meter Sport getrieben hatten. Sie saßen aufgereiht wie Walküren an einem langen Wirtshaustisch und sahen mich, den der Zufall an ihre Seite geführt hatte, erwartungsvoll an. Denn die Blaskapelle hatte eben zu schmettern begonnen. Und ihre stattlichen Männer, die saßen unten in der Wirtsstube, wo zwei bildhübsche Kellnerinnen Wein ausschenkten, während wir oben hockten, im Saal, in dem gerade das Geschirr eines üppigen Hochzeitsmahls abserviert wurde.

Es hatte gegeben: zuerst Weißwürste mit Brezen und Weißbier, dann eine Milzschnittensuppe, sodann eine gekochte Schweinshaxe auf Sauerkraut mit Semmelknödel und zur Nachspeise ausgezogene Nudeln mit Kaffee. Ich war gefüllt bis oben zum Adamsapfel, denn wer lässt schon was hinten, für das er ein anständiges Mahlgeld berappt hat?

Nun aber blickten, wie schon gesagt, die neun Körndlgefütterten in ihren neuesten Quelle-Kreationen allesamt zu mir her. Musst du jetzt etwa tanzen?, fragte ich mich bang.

Da legte schon meine Nachbarin zur Linken, obwohl kein Mensch etwas von einer Damenwahl gesagt hatte, die Hand auf meinen Arm und sagte resolut: »Dann bin i halt so frei – pack mas?«

»Aber ich weiß nicht, ob ich diesen Tanz beherrsche«, meinte ich unsicher, worauf sie mich mit den Worten beschwichtigte: »Halt di nur fest ei bei mir, Stadterer, dann feit dir nix!«

Das Stück war ein Zwiefacher. Das bedeutet, dass man zwei Tanzarten gleichzeitig beherrschen muss. Ich klammerte mich ängstlich an, und sie schwenkte und zerrte mich tatsächlich so zielstrebig herum, dass ich kaum etwas falsch machen konnte. Die ersten Schweißtropfen perlten mir von der Stirn, doch der Versuch, sie mit dem Jackenärmel fortzuwischen, misslang: Sie gab meine Hände nicht frei.

Ich muss ihr wohl gefallen!, dachte ich, und sie zeigte mir auch sofort ihre Zuneigung durch ein bedauerndes »Öha«, als sie bei einer missglückten Drehung voll auf meinem Vorderfuß landete.

Die Kapelle war von gnadenloser Härte und spielte jeweils vier Stücke hintereinander. Bei einer rasenden Drehung von mehreren Minuten Dauer flüchtete ich tief in meiner Tänzerin fleischige Oberschenkel, aber nicht aus schnöder Wollust, sondern um nicht von der Zentrifugalkraft an den Rand des Tanzbodens geschleudert zu werden. Wenn dieses niederbayerische Urweib zusammendrückt, dachte ich so bei mir, dann liegst du mit einem Oberschenkelbruch darnieder. Die Kraft dazu hätte sie gehabt, doch hielt sie sich gottlob im Zaum.

Als die Musiker endlich innehielten und ich meine Tänzerin, ohne ihre Ehre zu verletzen, an den Tisch zurückbringen konnte, war ich von oben bis unten durchgeschwitzt und rang nach Atem. Sie dagegen zeigte nur eine leichte Rötung im Gesicht und war im Übrigen frisch wie eine Lilie auf dem Felde. Sie griff nach ihrem Weinglas und sagte: »I tanz amoi z' gern«, worauf die anderen acht wie aus einem Munde antworteten: »Mir fei scho aa!«

Bin ich der Mann, der brave Frauen im besten Alter, nämlich zwischen vierzig und sechzig, enttäuscht, der sie kaltherzig sitzen lässt, während ihre Büffel von Ehemännern jungen Kellnerinnen nachstellen? Nein, dieser Mann bin ich nicht!

Bei der dritten Tänzerin befiel mich der erste Schwindel. Der Saal schwankte vor meinen Augen.

Bei der sechsten hielt ich krampfhaft den Kopf abgewendet, damit ihr mein Schweiß nicht in den Ausschnitt tröpfle. Sie fragte teilnahmsvoll: »Ham S' gwiss a schwachs Herz?«

Dann kam die Letzte. Sie hielt einen völlig Erschöpften, Erschlafften, Ausgebrannten in ihren Armen. Als ich sie zurückbrachte, schwankend wie ein Marathonläufer kurz vor dem Ziel, sagte sie: »Heit ham S' a Riesnglück ghabt, gell! Indem dass unsere Männer abzogn san, ham S' den ganzen Nachmittag ungeniert Eahnan Spaß mit uns ham derfa!«

Mutmaßungen über den Nanni-Landler

Nanni-Landler heißt das Stückl, eine feine, zarte, ja zärtliche Weise, die durch die Stube perlt, gespielt von einer Zither, einer Harfe, einem Hackbrett, einer Gitarre. Wir sitzen an einem Bauerntisch zu Irschenberg, die Lampe brennt, und draußen versinkt das Land im Schnee.

Die Melodie steht in einem Notenbüchel des Reiser-Tobi aus Salzburg. Ob er sie selber geschrieben oder bloß aufgezeichnet hat, weiß ich nicht, aber dass es um diese Nanni etwas Besonderes gewesen sein muss, das spürt man gleich heraus. Und natürlich auch, dass ihr der Komponist über die Maßen zugetan war.

Nandl, Nanni, Nannä, so wird die Anna in Altbayern und Österreich gern gerufen: ein Kosename. Dass Sennerinnen so heißen, kann man sich gut vorstellen. Aber auch in der Holledau gibt es Nandln und sogar einen sauberen Marktflecken, der Nandlstadt heißt.

Als Bayer kommt man nicht drum herum, ein paar Nandln persönlich zu kennen. Indes – so fein und verträumt wie im Nanni-Landler sind sie nicht, nicht ganz.

Zum Beispiel die Nandl, die in der »Alten Post« bedient. Die hat einen Anflug von Schnurrbart auf der Oberlippe, eine gschnappige Goschn und einen Unterrock, der verwegen aus dem Kleid herauszipfelt.

Während die Musikanten die schönsten Takte wiederholen, überlege ich, in welchem Alter diese Nanni wohl gewesen sein mag, als sie ihren Landler bekam. In ganz anderem Sinn natürlich, als die Redensart sonst meint. Denn einen Landler kriegen, das bedeutet ja so viel wie geschimpft werden, eins aufs Dach bekommen. Der Nanni aber wurde direkt ins Herz gezielt, und aufs Herz natürlich auch, denn im sinnenfrohen Bayern kann man sich ein weibliches Herz ohne sein Drumherum nur schwer vorstellen.

Also dürfen wir mit ziemlicher Sicherheit ausschließen, dass die Nanni ein Schuldirndl gewesen ist. Wenigstens zu jenem Zeitpunkt. Früher natürlich schon. Ich stell sie mir da mit zwei blonden, widerspenstigen Zöpfen vor, mit Sommersprossen im Gesicht und mit halb heruntergerutschten Strümpfen, häuselhupfend oder eine volle Milchkanne im Kreis schwingend.

Mit den Jahren verwandelte sich dann diese bayerische Pippi-Langstrumpf-Version in eine herb erblühte Schönheit: Milch und Blut das Gesicht, die Haare aufgesteckte Weizenähren, die Gliedmaßen kunstvoll gedrechselt, der Gang zierlich und stolz zugleich. Respekt und abermals Respekt!

Was läge eigentlich näher, als dass sich ihrem Liebsten, einem leidlichen Zitherspieler, der Nanni-Landler wie von selber auf die Saiten gedrängt hätte? Freilich, wie wir den bayerischen Adam kennen, wäre da etwas ganz anderes herausgekommen, etwas Wildes, Leidenschaftliches, Überschäumendes, das man auf der Zither gar nicht hätte spielen können, für das man Klarinetten, Trompeten und ein Bombardon gebraucht hätte.

Aber wer war's dann? Eher schon ein pensionierter Schullehrer, der aus der Seelenlage des Verzichts heraus dieses für ihn unerreichbare Wesen überhöht, ihre Mängel und Fehler, die es wohl auch gehabt haben mag, verdrängt hat. Oder klang seine Leier deshalb so zart und zärtlich, so voll leiser Melancholie, weil er im Grunde gar nicht die Nanni meinte, sondern die eigene verlorene Jugend, die erste Liebe, die Erinnerungen an die Maienzeit seines Lebens?

Wie ich die Harfenspielerin anschau, das Gesicht von weißem Haar gerahmt, in dem silberne Kugeln stecken, die Augen nach innen gerichtet, ganz der Melodie hingegeben, die ihre Finger aus den Saiten zaubern, fällt mir noch eine dritte Möglichkeit ein: dass es eine ältere Nandl war, der dieser Landler gewidmet worden ist, eine Nanni, die des Lebens Mitte schon durchschritten, eine mütterliche Frau, die verstehen und verzeihen gelernt und doch um die Augen noch den Schalk des Lausdirndls blitzen hatte, in der das Resche des Mädchens zu stillem Humor, die Schönheit der jungen Frau zur Güte gereift war.

Je länger ich der stillen Weise lauschte, je länger ich die Harfenspielerin ansah, um so gewisser wurde ich, dass der Nanni-Landler einer solchen Nanni zugedacht worden war.

Auf den Hund gekommen

Der Maxl und die Muschi sind auf den Hund gekommen. Er heißt Wiggerl und ist wahrscheinlich im Zeichen des Wassermanns geboren. Weil er nämlich ein großer Lackerlmacher vor dem Herrn ist, aber auch vor der Frau, so dass die Muschi dauernd mit dem Putzhadern rennen muss.

Im Übrigen ist er ein Dackel, noch sehr jung und dumm, und fällt um, wenn er ein Bein hebt.

In der Nacht gibt er dem Maxl unmissverständlich zu verstehen, dass er in dessen Bett schlafen möchte. Er legt sein Verlangen nach ihm in solch durchdringendes Geheul und Gewinsel, dass die ganze Familie vom Schlaf erwacht – bis auf den Maxl. Aber ausgerechnet ihn weckt man. »Dein Hund winselt«, heißt es roh und herzlos.

Schlaftrunken stolpert der Maxl die Treppe hinunter und redet dem kleinen Knäuel, das um seine Füße wuselt, gut zu wie einem kranken Gaul. Dann bettet er das Pferd des kleinen Mannes weich in den Korb zurück und gibt ihm zur Beruhigung einen alten Wollsocken, in dem noch der betäubende Geruch schweißtreibender Bergtouren steckt.

Diese Medizin hält ungefähr eine Stunde vor. Dann weckt man den Maxl erneut. Diesmal faltet er eine Zeitung zusammen, hebt den Ruhestörer unwirsch in den Korb zurück und führt mit der Gazette ein paar symbolische Schläge auf das Geflecht aus. Dazu schimpft er gedämpft: »Braver Hund sein, gell, sonst gibt's was, gell, d' Leut aufwecken, gell, geht doch net, gell!«

Dann legt er sich wieder flach. Aber jetzt treiben Gewissensbisse den Schlaf von seinen Lidern. Nach einer Stunde trabt er zum dritten Mal hinab und bittet seinen armen Hund um Verzeihung, die der jedoch verweigert. Er spielt den Beleidigten und würdigt Maxl keines Blickes.

Ansonsten lebt ein Hund bei Maxl und Muschi sehr angenehm. Er braucht nichts zu bewachen, weil nichts zu bewachen da ist. Neulich, als er sich angewidert von seiner Schüssel abgewandt und lebhaftes Interesse für das Schnitzel des Maxl bekundet hat, hat sein Herrle sofort mit ihm getauscht und ist so erstmals in seinem Leben in den Genuss von halb getrockneten Kutteln gekommen.

Luigi, wie ihn die Italiener nennen würden, ist ein Lukullus. Besonders liebt er Leber ohne Reis, Nieren ohne Kartoffeln, Hackfleisch ohne Haferflocken und Polsterstühle mit Kissen. Nicht verstehen kann der Maxl allerdings seine Vorliebe für die Pantoffeln der Muschi.

So weit sich vorhersehen lässt, hat Maxls und Muschis kleiner Dog ein schönes Leben vor sich. Er wird einmal die Baumschule besuchen und kann später, wenn er will, das Hunde-Abitur machen.

Schon heute sind Maxl und Muschi auf die Schwiegertochter neugierig, die ihnen der Wiggerl hoffentlich nicht ins Haus bringt. Im Alter wird er anstatt einer Rente ein gut erhaltenes Biedermeier-Sofa als Ruhesitz zur Verfügung gestellt bekommen.

Wenn es Maxl und Muschi recht bedenken: Bei sich möchten sie sofort Hund sein!

Torkelnde Bayern

Als der liebe Gott das Land Bayern erschaffen hatte und sah, dass es im Norden an das Preußenland grenzte, kratzte er sich nachdenklich hinterm Ohr und dachte: ›So benachteiligen darf ich meinen braven bayerischen Rindfleischesser denn doch nicht.‹ Und er griff in seinen großen Sack und fügte an der anderen Seite ein wahres Bilderbuchland an, ein Landl voll stolzer Berge und Täler, reich bestückt mit Burgen, Schlössern und Kirchen und voll der schönsten, gastfreundlichsten Wirtschaften; ein Landl auch reich an Wein, Obst und Sonnenschein. Dieses Land nannte er Südtirol und übergab es dem ersten Bayern, der selbstverständlich Sepp hieß, mit den Worten: »Mein viel geliebter Sohn Joseph, diesen Gau übergebe ich dir zum Ausgleich dafür, dass von Norden her allerlei Ungemach über dich kommen wird. Zwar wird er später deiner Herrschaft entgleiten, doch soll darin für immer und alle Zeiten die bairische Zunge klingen. Auch soll dir dort ein Refugium erwachsen, wenn dich das Fernweh erfasst.«

Worauf der Sepp, der damals noch nicht wissen konnte, dass Gottvater mit dem letzten Teil seiner Rede auf Reisen und Urlaub anspielte – auch mit dem Wort »Refugium« wusste er nichts anzufangen –, demütig mit dem Kopf nackelte und sagte: »Du werst as scho recht macha, Himmivadda!«

Natürlich ist es genauso gekommen, wie Gottvater vorausgesagt hatte: Die Mark Verona ging Bayern wieder verloren, und wenn es unter Bayerns erstem König Max-Joseph auch so aussah, als kämen die alten Zeiten wieder, blieb es doch nur ein kurzer Traum. Tirol und mit ihm Südtirol mussten nach Napoleons Sturz wieder an die Habsburger herausgerückt werden.

Auch der zweite Teil der Weissagung erfüllte sich. Bis auf den heutigen Tag spricht man, trotz aller Schikanen in der Vergangenheit, dort unten ein speziell eingefärbtes Bairisch, und mehr denn je ist das Land zwischen Brenner und der Salurner Klause, zwischen Ortler und Rosengarten zum bevorzugten Freizeitdomizil der Bayern geworden, zu einer Art Ersatz-Bayern, in dem so vieles ähnlich und so vieles anders ist, so dass man sich hin- und hergerissen und schließlich jedes Mal wieder hingerissen fühlt wie zu einer alten, nie ganz vergessenen Liebe.

Das Ähnliche und doch wieder Verschiedene, am Beispiel Kirchweih zeigt es sich deutlich. Wir sagen Kirta, drunten sagen sie Kirtig. Wir feiern den Kirchtag am dritten Oktober-Sonntag, drunten begeht man ihn bereits am zweiten. Und während es bei uns aufgeht beim Kirtatanz, beginnt drunten an Kirchweih das altbekannte Törggelen.

Die Sprachforscher wollen uns weismachen, dass Törggelen, jene Südtiroler Art des herbstlichen Brotzeitmachens mit jungem Wein, gerösteten Kastanien, mit Bauernspeck, Käs und Vinschgauer Loaberln vom lateinischen *torculum*, Weinpresse, komme, zu der man in Südtirol Torkel sagt. Nachdem wir ausgiebig getörggelet hatten, wussten wir es freilich besser und behaupten nun frischweg: Törggelen leitet sich von »torkeln« ab.

Jawohl, mit eigenen Augen haben wir unsere wiederum in großer Zahl angereisten Landsleute torkeln gesehen. Obwohl der »Suser«, wie der junge Wein genannt wird, nur wenig Alkohol enthält. Aber die Menge macht's, und der alte Rote dazwischen.

In einer Wirtschaft zu Perdonig hoch über Eppan sind wir gesessen, die Maroni machten uns die Fingerspitzen rußig, und der Wein, trübrot, schmeckte wie ein Liebesgedicht des Oswald von Wolkenstein, jenes Minnesängers vom Fuße des Schlern, dem der Südtiroler Wein wohl manches Mal den Dichtergeist beflügelt haben mag.

Unser Landesvater hätte seine Freude gehabt, wenn er mitgetörggelt hätte. Der junge Rebensaft hatte in einer gestandenen Geschäftsfrau aus Weilheim gewaltige patriotische Gefühle zum Gären gebracht, die sich mit dem wilden Urschrei »Der Freistaat Bayern – er lebe hoch!« entluden.

Mitten unterm Tanz, zu dem einer auf der Ziachmusi aufspielte, stieß sie diesen Schrei aus, dem weitere triumphale Bayern-Hochrufe folgten, als sie, von Tisch zu Tisch törggelend und torkelnd, gleich mehr Landsleute als Südtiroler versammelt fand.

War es das gleichzeitig Ähnliche und doch wieder Andersartige, das sie den Freistaat so wild entschlossen hochleben ließ? Fühlte sie instinktiv die alten Bande, oder wusste auch sie um die Zuteilung Südtirols als Ferienheimat der Bayern durch Gottvater?

Wie dem auch sei: Die bayerische Extrawurst, an Etsch und Eisack wird sie noch gebraten. Nur dass sie dort »Tiroler Leber« heißt.

Der Bayer auf Reisen

Ferien auf dem Bauernhof

Mitten unterm Stachus treff ich die Huber Resl von Walpertskreith, mit einer dampfenden Pizza zwischen den Zähnen. Sie hatte mir in der schlechten Zeit einmal im Tausch gegen einen Brillantring drei Eier gegeben. Was ich ihr natürlich nie vergessen hab.

»Ja, die Resl!«, ruf ich erfreut. »Wie geht's dir denn immer? Und was machst in der Stadt herin?«

»A blaus Sonntagskleidl mit weiße Tupfn hätt i kaaffa wolln«, sagt sie grantig, »aber sie ham bloß greane mit rote Tupfn ghabt.« Sinnend blickt sie mich an. »Schlecht schaugst aus«, sagt sie, »arg schlecht. No schlechter wia damals, wie i dir de dreißg Oar gebn hab. Ja, die Stadtluft halt und des städtische Gfraass! Magst beißn?«

Direkt unter die Nase hält sie mir den neumodischen Pfannkuchen.

Aus Gefälligkeit beiß ich ein Stück ab und berichtige kauend: »Drei Eier, Resl, drei.«

Darauf sie: »Was redst denn von drei Oar, gar koans is drin in dem städtischen Gfraass!«

Ganz schief schaut sie mich an, die Resl, mit Luchsaugen. »Was dir fehlt«, fährt sie listig lächelnd fort, »des is a frische Luft und a nahrhafte Bauernkost, auf Deutsch gsagt: Ferien auf dem Bauernhof. Mir ham jetzt die obere Kammer als Fremdenzimmer hergricht. Konnst jederzeit komma mit deiner Familie!«

Der Vorschlag gefällt mir nicht übel. »Jeden Tag zum Frühstück ein frisch gelegtes Ei, direkt aus dem Nest«, fang ich zu schwärmen an.

»Ja, vom Tengelmann«, meint die Resl eifrig.

»Wieso vom Tengelmann? Habts denn keine Hennen mehr?«

»Naa«, meint die Resl, »dafür ham ma koa Zeit mehr.«

»Aber dann das schmackhafte, selber gebackene Bauernbrot«, sage ich.

»Ja, vom Tengelmann«, erwidert die Resl.

»Backts denn nimmer selber wie früher?«

Die Resl: »Dafür ham ma koa Zeit mehr.«

»Dafür aber gibt's aufs Brot den guten eigenen Honig«, fahr ich fort.

»Ja, vom Tengelmann«, sagt die Resl wieder.

»Habts denn auch keine Bienen mehr?«

»Naa, dafür ham ma koa Zeit mehr.«

»Aber dann wenigstens den guten Landbutter, selber gerührt und schön verziert.«

»Ja, jeden Tag frisch vom Tengelmann«, meint die Resl.

»Macht nix«, tröste ich mich, »die frische Milch, das weiße Gold des Bauernhofs, ist allein schon die Hinfahrt wert.«

»Ja, vom Tengelmann«, entgegnet die Resl wieder.

»Habts denn keine Kühe auch nimmer?«

»Bloß noch Bullenmast«, sagt die Resl, »aber beim Tengelmann ...«

»Ist ja gut!«, unterbreche ich sie. »Ei ist schließlich Ei, und Milch ist Milch. Aber wenigstens habt ihr da draußen noch eine echte Gemütlichkeit. Wenn ich an eure guate Stubn denk mit dem schönen Kachelofen drin ...«

»Den ham ma rausgrissen«, sagt die Resl. »Mir ham jetzt a moderne Ölheizung und a Schrankwand mit Fernseher drin.«

»Vom Tengelmann?«, frage ich gedehnt.

»Naa, vom Neckermann«, antwortet die Resl.

»Aber am Abend«, fahr ich schwärmend fort, »singen bei euch noch die Frösch' im Weiher, und das Lied der Dengelhämmer klingt durch die Dämmerung.«

»An Weiher ham ma zuagschütt«, meint darauf die Resl, »und dengelt wird scho seit dreißig Jahr nimmer. Für so was ham ma koa Zeit mehr.«

Ich geb immer noch nicht auf: »Aber wenn man dann endlich auf dem urgemütlichen Häusl sitzt, im Stall, mit dem Herzl in der Tür, das friedliche Mahlen der Rinder hört und dabei die zusammengehörigen Blattl von der handgeschnittenen Zeitung zusammensucht, um die Romanfortsetzung zu lesen, dann ist das Erholung in des Wortes wahrster Bedeutung.«

»Geh, was redst denn!«, fällt mir die Resl ins Wort. »Des Häusl ham ma doch aa schon längst rausgrissn. A wunderbars Bad ham ma jetzt mit Spülklosett, bis zur Deckn nauf gfliest, und koa harts Zeitungspapier nimmer, sondern a seidenweiche Papierrolln.«

»Sicher vom Tengelmann?«, frage ich sarkastisch.

»Freilich, vom Tengelmann!«

Da erfasst mich Stadtmenschen eine große Traurigkeit. Dann steigt mir langsam die Galle hoch. »Ja, wenn das so ist«, sage ich, »dann wird's wohl besser sein, wenn ich mich woanders einquartier.«

»Ja, bei wem denn?«, fragt die Resl bestürzt.

Darauf ich: »Beim Tengelmann, Resl, wo sonst?!«

's Liftlüfterl

Manche Leute können es nicht erwarten, einen kalten Hintern zu bekommen. Drum fahren sie im Winter Sessellift. Das gibt einem einen Vorgeschmack auf die Ewigkeit.

Der Sessellift kommt unten um die Ecke gefahren. Erst langsam und dann immer schneller. Man steht da mit seinen Skiern, auf alles gefasst. Warum kommt er nicht? Einen Augenblick lässt man in seiner Aufmerksamkeit nach, und da haut er einem die Sesselkante brutal in die Kniekehlen, dass man wie ein Sack nach hinten plumpst. Der Mutterboden ist einem jäh entrissen, vor und zurück pendelt der Stahlrohr-Stuhl gleich dem Perpendikel einer wild gewordenen Uhr. Nur jetzt die Nerven nicht verlieren! Skier und Stöcke quer über die Oberschenkel gelegt, die Schließstange hergedreht und die Füße auf die gleichzeitig eingeschwenkte Stütze gestellt. So, jetzt kann nicht mehr viel passieren!

Das Pendeln in der Seilrichtung verebbt. Ein kurzer Schnackler, und der erste Mast ist hinter uns. Ein Blick zurück. Auch die Angetraute hat es geschafft. Sie winkt herauf und lässt dabei ihre Handschuhe fallen, gefolgt von einem spitzen Schrei.

Bei manchen Liften legt man Styroporplatten auf den Sitz. Bei diesem nicht. Die Kälte schleicht sich von unten heran, breitet sich backenförmig aus und nistet sich zuletzt, respektlos wie sie ist, im intimsten Winkel ein. Ja, der graust's wirklich vor nichts! Bald wird das ganze Erdgeschoss gefühllos wie ein Wackerstein. So muss Gefrierenten zu Mute sein.

Jetzt haben wir schon Stütze 13 passiert. »Nicht schaukeln!«, steht dort, und darunter »Non dondolare!« und »Do not swing!«. So kann man sich auf der Fahrt in den Himmel sprachlich weiterbilden.

Hoppla! Jetzt bleibt die Kiste doch glatt stehen. Ausgerechnet über einer Schlucht. Da könnte nur ein Lebensmüder abspringen. Zu einem Haxenbruch mit Wasserspülung. Weil unten der Wildbach rauscht.

Eine Stimme von hinten: »Hallo!« – »Was is?« – »Warum hält er denn?« – »Er muss rasten, wegen deinem Gewicht!« – »Hundling, ausgschaamter!«

Zur Beruhigung der Fahrgastnerven werden die Lautsprecher an den Masten eingeschaltet. »... und die Karawanken, sie wanken und sie schwanken, und schuld dran bist nur du, du, du, du ...«

Endlich geht's weiter: Zögernd, als wollte er sich's noch mal überlegen, setzt sich der Bursche wieder in Bewegung.

In der Waldschneise unter dem Lift, steil wie eine Direttissima, kreuzen sich verwegene Spuren. Da müssen Weltmeister gefahren sein. Über Felsblöcke hinweg, haarscharf an Baumstümpfen vorbei, mit kurzen Gastspielen im Wald. Abgezirkelt wie von einem Ingenieur, verschlingen und verschnörkeln sich die Spuren zu einem Autogramm der Tollkühnheit.

So oft wir auch mit diesem und mit anderen Liften schon gefahren sind – jene Akrobaten, die dem schmalen weißen Band unter der Trasse ihren Stempel aufdrücken, noch nie haben wir sie hinabtanzen sehen. Es wird ihnen doch nichts passiert sein? Oder müssen hier des Nachts im Mondschein die armen Seelen dahingeschiedener Skilehrer zur Buße für Weißt-schon-Was Slalom fahren?

Jetzt kommt die Gipfelstation. Stütze 24, die letzte, trägt den Hinweis: »Noch 100 m, bitte Stange öffnen und Ruhe bewahren, Aussteighelfer hilft.« Langsam rutscht man mit dem Gesäß, das so kalt und gefühllos geworden ist, als würde es einem Marmordenkmal in Nowosibirsk gehören, bis hart an die Kante vor und umklammert seine Skier mit der rechten Hand. Die andere hält die Stange nach dem Motto der braven, alten Münchner Straßenbahn: linke Hand am linken Griff.

Langsam schwebt man ein. Die Beine laufen schon mit, bereit zum Wegtrippeln nach rechts. Dem Gamskogel fällt es nicht ein, zur Begrüßung die weiße Zipfelmütze zu ziehen. Im Gegenteil: Mit einer Windfahne verhüllt er sein Haupt. Unten im Tal liegen Spielzeughäuser und ein Bleistiftkirchturm, liegen Speckknödelsuppen, doppelte Enziane und Linzer Schnitten.– Wartet nur, balde liegen wir auch!

Skilehrer – ja oder nein?

Skilehrer in den Speckknödelalpen, braun gebrannt und eine rote Zipfelmütze auf dem Kopf – ja, so ein Skilehrer möcht ich sofort sein!

Aber was mach ich im Sommer? Vielleicht Bademeister im Schwimmbad? Der Obacht geben muss, dass keiner seitlich hineinspringt, und alten Herren für ein Zehnerl den Buckel abfrottiert? Ja, wo san ma denn! Nein, unter diesen Umständen verzichte ich darauf, ein Skilehrer zu sein.

Wie ist's aber, wenn die Sonne über den Piz Sol steigt und den Schnee zum Leuchten bringt? Wenn die Lifte und Bergbahnen wie Katzen zu schnurren beginnen und ich mich federnden Schrittes um die zehnte Vormittagsstunde, denn da erst beginnt mein Arbeitstag, zum Sammelpunkt begebe, wo mich der Damenkurs schon sehnsüchtig erwartet, und ich sie alle, schmelzendes Gletschereis im Blick, mit einem herzhaften »Servus, Mäderln« begrüße? Ja, dann möchte ich natürlich schon wieder Skilehrer sein.

Jedoch: Wenn's stürmt und schneit, dass man keinen Hund vor die Tür jagen möchte und sich diese Schneehühner auch noch anstellen wie Kühe beim Hemdenbügeln? Kaum hat man die Letzte aufgehoben und wieder auf die Füße gestellt, liegt die Erste schon wieder im Schnee und schreit Zeter und Mordio. Nein, eigentlich möcht ich doch lieber kein Skilehrer sein!

Doch halt, wenn wir dann alle zünftig in einer Berghütte sitzen, draußen Sturm, drinnen Kachelofen? Ein Mann, ich, und fünfzehn weibliche Wesen. Die grundverschiedensten! Aus Hamburg, Wuppertal, Stuttgart, ja sogar aus Amsterdam, Ohio und Straubing. Welche Bandbreite! Und jetzt ein Jagertee und noch ein Jagertee! Das lockert! Da fliegen die Blicke und die mehrsprachigen Scherzworte nur so hin und her! Hol's der Teufel, ich möcht doch einer sein, ein Skilehrer!

Aber wie bring ich die versoffene Gesellschaft wieder ins Tal hinab? Die Dünne aus Pforzheim könnte ich ja zur Not auf den Buckel nehmen, doch was mach ich mit der Anita aus Düsseldorf, die mindestens zwei Zentner auf die Waage bringt? Wenn die aus Versehen in den Wald hineinrast, dann gibt's einen Kahlschlag! Nein, eigentlich möcht ich doch kein Skilehrer sein!

Hinwiederum am Abend beim Après-Ski, alle frisch gebadet und parfümiert, und ich lege laufend flotte Sohlen mit ihnen aufs Parkett. Zechfrei bin ich auch. »Toni, iss doch noch ein Steak«, heißt es, »Toni, du solltest noch drei Rühreier mit Schinken nehmen!« – »Aber Erika, Eier machen doch sinnlich!« – »Eben drum, Toni!« – Herrschaftseiten, gibt's etwas Schöneres, als Skilehrer zu sein?

Nebenbei arbeite ich als Beichtvater dieser Vollblutweiber. Sie erzählen mir von ihren unmöglichen Ehemännern, Verlobten und Chefs. Pfui Teufel, sind das miese Kerle! Natürlich tröste ich sie. Dankbar schmiegen sie sich beim Tango an mich.

»Toni«, flüstert Lore aus Heilbronn, »mach deine Hand auf« Etwas Hartes, Kleines schlüpft in meine Rechte, ein Schlüssel.

»Aber du brauchst mir doch nicht gleich dein Cabriolet zu schenken«, sage ich.

»Es ist nicht der Autoschlüssel, Tonilein«, sagt sie, »es ist mein Zimmerschlüssel!« Wie aufregend!

Aber was soll man machen, wenn man kurz vor Mitternacht fünfzehn Zimmerschlüssel in der Hosentasche hat? Da ist man doch der allerärmste Kerl, ist bedauernswerter dran als Casanova in den Bleikammern von Venedig!

Verdammt und zugenäht, wie soll denn das ein Einzelner schaffen? Bis man da von Hotel zu Hotel und von Zimmer zu Zimmer käme, da müsste man ja rennen wie ein gestutzter Hund. O du meine Güte, wie einem da hernach die *Füße* wehtäten!

Nein, ein für alle Mal, jetzt bleibt's dabei: Ein Skilehrer will ich weder sein noch jemals werden, und wenn man mich in Knievorlage darum bäte!

Gefangen im Schnee

Alle Winter gelingt es einigen Urlaubern, ihren Ferienort so günstig auszuwählen, dass sie darin eingeschneit oder die Zufahrtsstraßen von Lawinen blockiert werden. Die Folge: Sie können nicht mehr rechtzeitig an ihren Arbeitsplatz zurückkehren.

Mir selber ist dieses Glück noch nie zuteil geworden: einmal trennten mich vierzehn, ein anderes Mal nur drei Tage von dem schadenfrohen Telegramm an die Firma: »Rückkehr von hier zur Zeit wegen Unpässlichkeit der Passstraße nicht möglich, siehe auch Tagespresse. Auf frohes Wiedersehen wahrscheinlich Mitte März.«

Das Leben als Eingeschlossener stelle ich mir in etwa so vor: Um acht Uhr morgens klopft das Zimmermädchen an meine Tür. Ich bin gerade dabei, meinen Koffer zu packen. Der Urlaub ist zu Ende. Sie lacht übers ganze sommersprossige Gesicht und sagt: »Sie brauchen noch nicht heimfahren, können ruhig noch eine Woche hier bleiben!«

»Sie kennen meinen Alten nicht, Fräulein Rosi«, entgegne ich. »Der würde toben!«

»So toben kann der gar nicht wie der Schneesturm heute Nacht. Haben Sie denn nichts gehört?«

»Nein, gar nichts. Ich hab doch drei Jagertee und vier Latschenmass gehabt!«

»Ja, dann glaub ich's schon! Stellen Sie sich vor: Die Straße zu uns rauf ist total zu. Unter meterhohem Schnee begraben. Da kommt keine Maus mehr durch. Das kann eine Woche dauern, bis da wieder was geht!«

Ein hoffnungsvolles Lächeln huscht über mein Gesicht. »Aber wie steht's mit der Verpflegung?«, frage ich. »Und den Biervorräten?«

»Küche und Keller sind bis oben voll«, werde ich beruhigt.

Einen Tag lang fällt der Sessellift aus, aber das Hallenschwimmbad ist auf, die Sauna und die Kegelbahn.

Die Köchin gibt ihr Bestes, um uns den verlängerten Urlaub zu versüßen. Diese Schupfnudeln, dieses Kalbsgeschnetzelte, dieses Wiener Salonbeuscherl! Und zum Nachtisch Malakofftorte, offenbar uralter russischer Adel!

Wir trinken Lagrein Kretzer, Terlaner, Magdalener, Traminer, Schreckbichler, Blauburgunder, Kalterer See. Welcher der Beste ist? Je nach Abend!

Am dritten Tag landet ein Hubschrauber. Er bringt Post. Mein Arbeitgeber hat mir auch geschrieben. Er drückt mir sein Beileid aus. Ob ich nicht versuchen könnte, eventuell unter Einsatz meines Lebens, mit Skiern das Gebirge zu überqueren und auf der anderen Seite wieder Anschluss ans europäische Verkehrsnetz zu finden?

Der Hubschrauber bringt nun jeden Tag Frisches vom Supermarkt aus Innsbruck. Und er fliegt jedes Mal so genannte VIPs aus. VIPs, wer das nicht wissen sollte, sind Very Important Persons, also sehr wichtige Personen, bei deren längerer Abwesenheit der Betrieb, dem anzugehören sie die Ehre haben, zusammenbrechen würde.

Bescheiden, wie ich bin, trage ich mich natürlich nicht in die Liste der Ausflugwilligen ein, maße mir keine Sekunde lang an, ein VIP zu sein. Außerdem lasse ich auch nie und nimmer mein Auto im Stich, das sich schon seit Tagen nicht mehr vom Fleck rührt und bloß noch dumpf vor sich hin röchelt.

Nach einem Langläuferl setze ich mich vielmehr an die Hotelbar, bestelle einen Campari-Soda und konzipiere einen Brief an meinen Abteilungsleiter. Ich schreibe: »Nach einem verzweifelten Versuch, mit der Schneeschaufel des Hausmeisters einen Tunnel durch die ungeheuren Schneemassen zu graben, bin ich nach fünfzehn Stunden ermattet zusammengebrochen und liege nun mit hohem Fieber zu Bett. Hier gibt es leider keine Arzneien mehr, auch der Kunsthonig geht schon langsam zur Neige. Ihr verzweifelter Mitarbeiter …«

Je mehr Urlauber ausgeflogen werden, desto gemütlicher wird es in unserem abgeschnittenen Dörferl. Das Häuflein der letzten aufrechten Ausharrer wird regelrecht verhätschelt. Rosi, das Zimmermädchen, hat einen seltsamen Glanz in den Augen, wenn sie mein allein stehendes Bett macht. Ihr Verlobter, ein Malergeselle in einem dreißig Kilometer entfernten Marktflecken, kann sie nur noch telefonisch erreichen.

Bei der Köchin, obwohl schon über fünfzig, muss der Fall ähnlich gelagert sein. Abends, im Fernsehraum, sitzt sie unversehens neben mir, schiebt mir ein riesiges Stück Wiener Apfelstrudel zu, schaut mir innig in die Augen und sagt: »Weilst as du bist, Buale!«

Die schönsten Aussichten eröffnen sich mir, aber diese verdammten technischen Ungetüme von Schneeschleudern und Wühlraupen machen von einem Tage zum anderen alles zunichte!

Am nächsten Morgen ist die Straße frei, ein Mechaniker macht – ein Unglück kommt selten allein – mein Auto in wenigen Minuten wieder flott, und weil die Nachricht von unserer Befreiung bereits durch den Äther schwirrt, bleibt mir nichts anderes übrig, als meine Koffer endgültig zu packen und bewegt Abschied zu nehmen.

Leb wohl, Rosi, leb wohl, Traudl (das ist die Köchin), lebt wohl, ihr Berge, ihr Speckknödelsuppen, ihr Schlutzkrapferl, ihr Südtiroler Weine und du mein Zipfer Bier!

Ja, so und nicht anders stelle ich's mir vor, vom Schnee eingeschlossen und viel zu schnell wieder befreit zu werden. Ob es mir wohl je einmal gelingen wird? Ich glaub nicht mehr so recht daran!

Zu Besuch bei Jedermann

Bin ich Jedermann? Hoffentlich nicht! Immerhin war ich auch schon im Jedermann, um eine Bildungslücke zu schließen. Also, wir haben in Salzburg einen sehr schönen Parkplatz in einer sehr gediegenen Felsenhöhle bekommen, alles gut betoniert und elektrifiziert, da hat es nichts gegeben!

Dann haben wir beim Tomaselli einen Kaffee getrunken und Sachertorte gegessen – sehr gut. Danach die Auslagen angeschaut. Meine Frau hat gesagt, dass die Sachen sehr teuer sind, eine Trachten-Steppjacke für 6 200 Schilling, unerhört! Durch flinkes Umrechnen hat sie herausgebracht, dass das fast neunhundert Mark sind. Da habe selbst ich gestaunt!

Wir haben öfters prüfend zum Himmel hinaufgeschaut, wegen dem gefürchteten Salzburger Schnürlregen. Aber es war vergebliche Liebesmüh. Die Sonne hat nicht aufhören wollen zu scheinen, und da waren wir andererseits auch wieder recht froh.

An einer Straßenecke hat mir meine Frau den Brandauer gezeigt, weil sie ihn scheinbar kennt. Er hat eine kurze Lederhose angehabt und eine sehr schöne grüne Trachtenjacke, wie nicht jedermann in Salzburg. Wenn sie ihn mir nicht gezeigt hätte, den Brandauer, hätte ich ihn später auf der Bühne bestimmt nicht als Jedermann wieder erkannt.

Wir sind insgesamt zehn Personen gewesen, fast schon eine Horde. Bevor wir in München losgefahren sind, habe ich den Gustl, der den Jedermann schon dreimal erlebt hat, telefonisch gefragt, wie man sich kleiden muss. Doch hoffentlich nicht schwarz und lang, wo es doch bloß eine Freiluftaufführung ist.

Er hat gesagt, es darf schon leger sein, aber natürlich nicht zu leger, sondern mehr festspielleger. Und eine Krawatte tät nicht schaden. Und er selber zieht einen gedeckten Trachtenanzug an, das geht immer.

Ich hab dann eine sehr schöne helle Leinenhose angezogen und ein schönes, weißes Hemd und eine sehr schmucke Lederjacke. Und eine sehr schöne, gemusterte Krawatte habe ich in die Tasche gesteckt und dann in dem schon erwähnten Felsenparkplatz mit Hilfe des Rückspiegels umgebunden. Also, ich hab mir sehr gut gefallen!

Wir zehn haben einen sehr gediegenen Eindruck gemacht, als wir am Domplatz unsere Plätze auf den Holzbänken eingenommen haben. Weder sind wir garderoblich herausgestochen noch abgefallen, und das ist immer das Beste. Es waren schon auch welche da in schwarzen Anzügen und mit Fliegen. Auch Herren in weißen Jacken hat man gesehen, und meine Frau hat zu mir gesagt, dass das Dinner-Jackets sind. Das war mir neu, und ich möchte kein solches Kleidungsstück, weil Weiß sehr empfindlich ist, besonders bei mir, sagt meine Frau.

Leider waren auch einige anwesend in zerknitterten Pumphosen und Jeans. Für diese Menschen, die auch den erntestesten Anlass nicht ernst nehmen können, habe ich mich aus tiefstem Herzensgrunde geschämt. Über das Stück selber will ich keine Bemerkungen machen, um niemanden zu kränken oder gar ungerecht zu loben. Nur so viel: Die Thermik war am Anfang mehr für Segelflieger geeignet als für Schauspieler; ein Aufwind hat die gesprochenen Verse emporgehoben und über die Köpfe der Zuschauer hinweggewirbelt, so dass sie den zahlenden Ohren verloren gegangen sind. Zum Glück sind die Windverhältnisse dann bald besser geworden.

Den Teufel hat der Helmut Lohner gespielt. Er hat einen Schwanz gehabt wie ein ausgefranster Gartenschlauch und damit die Luft gepeitscht. Ich hätte es ihm gegönnt, dass er den Jedermann bekommen hätte. Aber dem Hofmannsthal hat es wohl besser gefallen, den Brandauer ins Paradies schauen zu lassen. Wie er am Schluss mit einem langen, weißen Hemd aus der Kirche gekommen ist, hat es mich lebhaft an das Stück »Der Müller und sein Kind« erinnert. Aber geweint hat niemand. Die meisten haben bloß ans Abendessen gedacht.

Wir sind in den »Goldenen Hirsch« gegangen. Dort haben wir einen sehr schönen Platz bekommen. Es hat uns sehr gut geschmeckt. Die Ober dort sind von ganz alter österreichischer Schule, in leinenen, grau-grünen Trachtenjankern, schwarzen Schleifchen und fast bodenlangen, weißen Stolperschürzen. Die legen, wenn sie mit der rechten Hand einschenken, die linke noch auf den Rücken, wie ich es zum letzten Mal bei Felix Krull im Fernsehen gesehen habe.

Das Essen dort könnte ich mir und besonders meiner Frau nicht jeden Tag leisten, höchstens im Einladungsfall wie diesmal. Noch dazu, wo die Portionen ausgesprochen klein sind. Dadurch muss man sich durch alle Gänge essen, um den Sättigkeitsgrad zu erreichen, aber das, sagt meine Frau, ist in besseren Häusern heute überall so, weil die Zeiten der überhängenden Platten endgültig vorbei sind. Was die alles weiß, meine Frau!

Wir sind dann mit einem sehr trockenen Weißwein im Blut in drei Autos heimgefahren. Wir haben eine sehr gute Spur auf der Autobahn erwischt und keinen einzigen Stau erlebt. Ich hab zu meiner Frau gesagt: »Jetzt können wir den Jedermann auch abhaken. Und hoffentlich reitet unseren Kulturantreiber nicht der Teufel, und wir müssen uns nächstes Jahr alle zehn nach Bayreuth begeben!«

Coco Maria Anna Theresa

Das Enkerl ist vor fünf Jahren »z' Amerika drent« geboren und, da des Opas Arm nicht lang genug war, korrigierend über den Atlantik zu greifen, auf den ungewöhnlichen Namen »Coco« getauft worden; was die kleine Maus aber durchaus nicht als Verpflichtung auffasste, nun schon von Geburt an nach »Chanel« zu riechen. Immerhin aber reichte der Respekt vor den fernen Großeltern aus, dass als weitere Namen gut bayerische gewählt wurden, so dass die Kleine, nach ihrem Namen gefragt, nunmehr der staunenden Umwelt ein »Coco Maria Anna Theresa« entgegenschleudert.

Zur Zeit hat der Großvater wegen der Kleinen wieder einmal Herzeleid zu ertragen. Seine Maus ist wie jeden Sommer für drei Monate zur amerikanischen Großeltern-Konkurrenz entschwebt. Ein letztes Bussi am Flughafen, ein letztes Winkewinke, dann verschwand sie mit der Mutter Wonder (ja, die haben alle so seltsame Namen!) hinter jenem grausamen Engpass, der die Fortfliegenden von den Daheimbleibern scheidet.

Wehmütig und gleichzeitig hingerissen betrachtet er einen Zettel, den ihm Coco als Abschiedsgeschenk hinterlassen hat. Er ist mit Buntstiften bekritzelt, mit Linien, die sich ineinander verschlingen und zu einer rätselhaften Ellipse aufbauen – alles in allem ein Kunstwerk allererster Güte! Wenn da »Picasso« drunterstünde, wäre es unter einer Million kaum zu haben. Für ihn freilich ist es unverkäuflich. Er verwahrt das Gemälde wieder sorgfältig in seinem Schreibtisch und sperrt die Schublade ab. Sicher ist sicher!

Natürlich hat der Opa nichts gegen die amerikanischen Großeltern, aber irgendwie nagt wohl doch eine kleine Eifersucht in ihm. Ist ja wahr auch: Zu was haben wohl er und der Pumuckl dem Kind so gut Deutsch und Bairisch gelernt, dass es nun vielleicht die schönsten Brocken wieder vergisst und bei der Heimkehr zwei volle Wochen braucht, bis das Goscherl wieder reibungslos hiesig schnabelt? Die hört doch jetzt nichts anderes als »Hallo darling« anstatt »Grüaß di, Kloane«, »Be quiet« anstatt »Sei staad«, »Do you feel allright?« anstatt »Geht's dir guat?«

Andererseits bewundert er sein zweisprachiges Mädchen, das in Sekundenschnelle in die andere Sprache wechseln kann. Aber muss es sein, dass es nun zwei Tage lang bis zu Erschöpfung durch Disneyland gezerrt wird? Wo es doch im Tierpark Hellabrunn bei lebendigen Tieren tausendmal schöner und erholsamer gewesen wäre!

Ja, und protzen werden die sich mit Coco sicher auch. Aber bitte, wer hat ihr denn so gut Rad fahren und schwimmen gelernt? Doch niemand anderer als er, der bayerische Opa! War es nicht ein unvergessener Tag, als er die Stützräder von ihrem kleinen Drahtesel abmontierte und die erste freie Wackelfahrt einen Feldweg entlang glückte? Und hat er nicht ein paar Tage später an ihren aufgeschlagenen Knien mehr gelitten als sie selber? Dann die Freude im Hallenbad, als sie mit Schwimmflügeln an den Armen wie eine kleine Antn stolz um ihn, ihren Schwimmlehrer, kreiste!

Doch was hört der Großvater nun aus Amerika? Dass sie es mit Hilfe eines Trainers bereits ohne aufblasbare Hilfe schaffe. Da soll man sich dann nicht ärgern! Doch an seinen Verdiensten als Skilehrer lässt er nicht rütteln! Das Bogenfahren, das er ihr an diversen Babyliften beigebracht hat, ist fotografisch dokumentiert!

Zum Glück hat der Opa eine eigene Telefonleitung nach den Vereinigten Staaten (das Kabel verläuft wahrscheinlich unter dem Atlantik, weil es in seinem Hörer meistens rauscht) und ruft zur rechten Zeit an, ob die da drüben auch keinen Unsinn machen und seinen Liebling vielleicht bloß mit amerikanischen Konserven, Big Macs und sonstigem Fast Food ernähren. Er verweist mahnend auf deutsches Vollkornbrot, ersatzweise Knäcke.

»Und was macht Bush?«, fragt er seine kleine Maus um Mitternacht scherzhaft.

»Da sind bloß Bäume, keine Büsche«, sagt Mausi.

Wie war da der Opa froh, dass sie offenbar von den Innereien der amerikanischen Politik weitgehend verschont bleibt!

Wenn er meist gegen Mitternacht anruft, so nicht deshalb, weil es dann billiger ist – nein, das hat seinen Grund vor allem in der Rückständigkeit jenes abgelegenen Kontinents. Hinken die doch glatt sechs Stunden hinter unserer Zeitrechnung her! Wenn die aufstehen, haben wir schon das halbe Tagespensum geschafft, und wenn wir mit der Bayernhymne ins Bett gehen, denken diese Tritschler erst langsam ans abendliche Dinner.

Aber nicht nur deshalb: Komm ganz schnell wieder, Coco Maria Anna Theresa! Auch im Namen der Oma, der beim Lesen dieser Story pflaumengroße Wasserburger die Backen heruntergekugelt sind.

Auf dem richtigen Dampfer

»Annerl, könnten wir nicht dieses Jahr über Weihnachten in die Karibik fahren? Ich hab da was gelesen von einer Luxusschiffsreise.«

»Spinnst?«

»Stell dir vor, das weite, weite Meer und über uns das Kreuz des Südens! Und dann die angenehme Wärme, kein Schneeschaufeln oder so was, sondern rundum ein schönes La-Paloma-Gefühl.«

»Dich hat's ja!«

»Und am Heiligen Abend, da schwimmst du in deinem weißen Bikini im Swimmingpool, und der Steward reicht dir einen Drink über den Beckenrand.«

»Sonst nix mehr!«

»Doch – vielleicht auch noch ein paar Austern. Es ist ja ein Luxusschiff, gell! Und stell dir vor, danach gehen wir in unsere Luxuskabine, und vor dem Bullauge tummeln sich die Haifische.«

»Ja, um Gottes willen!«

»Und dann machen wir uns so richtig fein! Du mascherlst dich auf mit deinem grünseidenen Abendkleid, ich zieh meinen Smoking an. Denn um acht Uhr ist Gästebescherung durch den Kapitän. Und anschließend Weihnachts-Tanztunier.«

»Mir waar's ja schee gnua!«

»Die Besatzung hat inzwischen den Tannenbaum aus dem Kühlraum geholt. Weißt, da war er drin, damit er in der karibischen Hitz nicht abnadelt, und jetzt wird er vom Ersten und Zweiten Offizier aufgeputzt: Kugeln, Lametta, obenauf der Spitz, wie es sich halt gehört.«

»Aber ohne mi!«

»Und horch, Annerl, wenn wir fertig angezogen sind, ertönt die Schiffsglocke.«

»Weil 's Schiff untergeht?«

»Ah geh, jetzt versammeln wir uns zum Käptensdinner, und es gibt legierte Krebsschwanzsuppe, dann gegrilltes Gazellenfilet mit Kaviar und zum Dessert Feigen-Sorbet.«

»Soll ich vielleicht Durchfall kriegen?«

»Und wenn wir dann schön satt sind, singen wir alle zusammen – Niedersachsen, Rheinländer, Schwaben, Friesen und am innigsten natürlich wir Bayern ...«

»Wir lagen vor Madagaskar und hatten die Pest an Bord?«

»Geh, das doch nicht! ›Stille Nacht, heilige Nacht‹ singen wir.«

»Fällt mir nicht im Traum ein!«

»Sei doch nicht so komisch, Annerl! Schau, jetzt ergreift der Kapitän das Wort zu einer Weihnachtsansprache. Er findet sehr besinnliche Worte. Weil wir doch fern der Heimat sind und weit und breit kein verschneiter deutscher Wald zu sehen ist.«

»Dem sei' Gered nützt mir gar nix!«

»Wart, Annerl! Er hat auch einen riesigen Krabbelsack dabei. Und da darf jeder Gast hineinlangen und sich was rausholen. Vielleicht bekommst du ...«

»... eine schön einpapierlte Strumpfhose aus dem Supermarkt!«

»Was du bloß immer hast! Ein karibisches Ohrgehänge bekommst du oder gar eine wunderschöne Buschtrommel!«

»Die ich auch ganz notwendig brauch!«

»Also mit dir ist es schon ein rechtes Kreuz des Südens, Annerl! Mir scheint, du willst um nichts auf der Welt den heiligen Abend woanders als zu Hause verbringen?«

»Jetzt bist endlich auf dem richtigen Dampfer!«

Die Schwierigkeit, sich im Straßenverkehr zu beherrschen

Der Schwager fuhr durch die Nacht nach Hause, mitten durch einen tiefen Forst und mit aufgeblendeten Scheinwerfern. Ein anderer Wagen überholte, der Schwager blendete ab, und nach einiger Zeit, als der andere schon weit davongezogen war, wieder auf. Aber dem war das offenbar noch zu früh. Er fühlte sich in seiner Ehre und in seinem Rückspiegel gekränkt. Was tat er? Er stieg von seinem geheiligten Gas, ließ den Schwager wieder überholen und knallte ihm dann, in kürzestem Abstand hinter ihm herfahrend, das Licht seiner aufgeblendeten Scheinwerfer voll in den Wagen.

Wer weiß, was passiert wäre, wenn der Schwager nicht diese Gabe der Beherrschung hätte!

Er drosselte das Tempo und dachte so für sich: Oh du armer Irrer, irgendwann wird es dir zu dumm werden, und dann musst du wieder nach vorne. Und dann freu dich!

Und so geschah es denn auch. Nach fünf Minuten Rache mittels Lichtdusche preschte der Bursche wieder vor. Der Schwager forsch hinter ihm drein und das Licht aufgeblendet, was die Scheinwerfer hergaben!

Und schon wieder konnte sich der andere nicht beherrschen! Erneut verlangsamte er sein Tempo, bloß dass der Schwager diesmal nicht darauf hereinfiel. So langsam konnte der gar nicht fahren, dass er nicht noch langsamer gewesen wäre. Der Bursche muss gekocht haben!

Der Schwager konnte sich gut in ihn hineindenken. Aber was konnte der andere schon viel machen? Anhalten? Ja, genau das tat er. Der Schwager hielt ebenfalls, etwa fünfzig Meter hinter ihm. So standen sie mitten in der Nacht mitten im Wald hintereinander, der höfliche Schwager und der andere, der die Beherrschung verloren hatte.

Wenn der Schwager nicht den kühnen Einfall gehabt hätte, nach einer Weile seine Scheinwerfer ganz abzustellen und scharf rechts ranzufahren, so dass der Vordermann ungewisses Ungemach aus dem schwarzen unheimlichen Klecks hinter sich vermuten mochte und auf einmal in wilder Panik davonfuhr, so stünden sie vielleicht heute noch dort, der beherrschte Schwager und die unbeherrschte Wildsau vor ihm.

Start eines Herrenfahrers

Mit einer Frau über das Innenleben eines Autos zu reden ist genauso zwecklos, wie wenn man zehn Quadratmeter Wind grün anstreichen wollte.

»Die Batterie ist im Eimer«, sagte Herrenfahrer Anton ärgerlich zu seiner Frau, der Damenmitfahrerin Bärbel, als der Motor beim Anlassen wie eine Orgel in den letzten Zügen röchelte.

»In welchem Eimer?«, fragte sie. »Meinst du vielleicht den, der in der Speis steht? Der ist leer.«

»Du kannst einen wirklich wahnsinnig machen«, rief Anton erbittert, »du mit deiner Ahnungslosigkeit. Die Batterie ist kaputt, hin, futschikato, verstehst du endlich, die Kälte hat sie geschafft, und deshalb können wir nicht starten.«

»Reg dich doch nicht auf«, sagte sie. »Was glaubst du, was ich zufällig gestern gekauft hab, na, sag schon?«

»Vielleicht eine Batterie?«

»Nicht eine, vier Stück hab ich gekauft, vier Stück. Wart, ich hol sie.«

»So, vier Stück. Und jetzt verrat mir mal, was die gekostet haben!«

»Ich glaub, zusammen neun Mark achtzig oder so was«, erwiderte Frau Bärbel.

Anton begann hysterisch zu lachen. »Weißt du, was du da gekauft hast? Taschenlampenbatterien.«

»Und die gehen fürs Auto nicht?«

»Nein, die gehen nicht! Eine Autobatterie, das merk dir mal, kostet an die zweihundertfünfzig, dreihundert Mark.«

»Das ist aber ganz schön unverschämt«, meinte Frau Bärbel.

»Das ist das erste vernünftige Wort, das ich von dir höre«, schnaubte Anton und machte einen neuen Startversuch, der wiederum mit einem Grunzen, nicht unähnlich dem Atemzug einer sterbenden Wildsau, endete. »Es könnten auch die Zündkerzen sein«, meinte er zweifelnd.

Damenmitfahrerin Bärbel hatte bereits den Mund auf, um hierzu etwas Fachweibisches beizusteuern, als Anton sagte: »Ich bitte dich um eins: Wenn du mir jetzt mitteilen möchtest, dass dir von Weihnachten Kerzen übrig geblieben sind, so unterdrücke dies bitte, sofern du nicht willst, dass ein Unglück geschieht!«

»Ich sag ja sowieso nichts«, meinte Frau Bärbel tief beleidigt. »Aber unbenützte Haushaltskerzen hätte ich zur Not auch. Oder kosten die Kerzen, die du dir einbildest, wieder dreihundert Mark das Stück?«

Anton hatte zum Glück nicht zugehört. Nach einem erneuten Startversuch sagte er in tiefer Nachdenklichkeit: »Möglicherweise ist es auch der Vergaser.«

»Der Vergaser?«, fragte Frau Bärbel. »Und ich hab immer geglaubt, das wärst du gewesen!«

»Was gewesen?«

»Wenn es so …, so komisch gerochen hat im Auto.«

»Ich muss absolute Ruhe bewahren«, murmelte Herrenfahrer Anton beschwörend vor sich hin, »nein, ich darf nicht nach dem Radschlüssel greifen, ich darf das nicht tun!« Zwar würde mich jeder Richter freisprechen, dachte er, aber was, wenn ich eine *Richterin* bekäme?

Er machte einen erneuten Versuch, und es kam ihm vor, als ob das abgrundtiefe Gurgeln etwas freundlicher klänge. »Du kannst sagen, was du willst«, meinte er, »es ist *doch* die Batterie!«

»Ich an deiner Stelle würde sie mir mal ansehen«, sagte sie. »Oder hab ich da schon wieder was Dummes gesagt?«

»Diesmal nicht!«, meinte Herrenfahrer Anton. Er stieg aus und machte sich an den Rücksitzen zu schaffen.

Nach wütendem Hin- und Herzerren glückte es ihm endlich, die Sitzbank hochzuklappen. Ungläubig starrte er auf den Boden. »Nanu«, sagte er, »was ist denn da los?«

»Kann ich dir irgendwie helfen?«, rief Frau Bärbel.

Herrenfahrer Anton schwieg. Er war einigermaßen ratlos. Es war überhaupt keine Batterie da!

In seinem Hirnkastl arbeitete es fieberhaft, und auf einmal kam die rettende Idee, die Erklärung des Rätsels: In seinem früheren Auto, das er schon vor Jahren verkauft hatte, da war die Batterie unter der Sitzbank gewesen. In seinem jetzigen Wagen musste sie, da sie dort nicht war, also woanders sein. Möglicherweise unter der Motorhaube.

»Wir werden es gleich haben«, sagte er zu Frau Bärbel. Er hob den Deckel, schaute scharf auf und nieder – jawohl, da stand sie, nicht zu übersehen! Stolz zeigte er sie seiner Frau, fingerte und zerrte etwas an den Leitungen herum, ließ den Deckel wieder zufallen und machte einen neuerlichen Startversuch.

Der Motor tuckerte drei Mal, es hörte sich an, als ob er herzhaft lachte, und dann sprang er kraftvoll an.

»Man braucht diesen Batterien nur einmal den Herrn zeigen«, sagte Anton, »und schon parieren sie!«

»Du verstehst wirklich irre viel vom Auto«, meinte Frau Bärbel bewundernd. »Hab ich dich recht geärgert mit meinen ahnungslosen Fragen?«

»Es geht«, sagte Anton gönnerhaft. »Der eine hat's eben, und die andere lernt's nie!«

Und dann gab er nach Herrenfahrer-Art kräftig Gas.

Gesundheit!

Hasch mich, ich bin der Schmai!

Haaa-tschiii! Wen es derartig reißt, der hat entweder einen Schnupfen im höchsten Stadium, oder er ist ein Anfangsschnupfer, und das heißt: ohne selber verschnupft zu sein, hat er geschnupft, nämlich einen Schnupftabak, bayerisch Schmalzler, Schmaizler oder Schmai, neuerdings auch Bauern-Hasch genannt.

Ja, schauts ihn nur grad an, den Anfänger! Richtige Tränen rollen ihm aus den Augen, die Hand fährt in die Hosentasche nach dem Schnäuzhadern, und nochmals reißt es ihn und ein drittes Mal.

Spöttisch steht der Profi, der Tag für Tag im Nasentraining steht, daneben. Mitleidig lächelnd, haut er sich eine Pris in das Gewusst-wo-Grüaberl der friedfertig geballten Hand, dann legt er den Kopf auf die Seite, um das zu bedienende Nasenloch in die rechte Stellung zu bringen, und zieht die kleine Pyramide wie ein Qualitätsstaubsauger, ohne im Geringsten zu bröseln, in Richtung Hirn.

Tatsächlich soll man durchs Schnupfen einen besseren Durchblick bekommen. Aber auch den Katarrh soll es hintan halten und die Augen stärken. Daneben ist der Schmai ein Tröster der Seele, wie der alte Spruch bezeugt: »Gib mir a Pris, weil's mit der Lies aa nix mehr is!«

Und er zählt zu den ganz wenigen Genussmitteln, die uns von den Ärzten nicht ständig vermiest werden. Am Schmalzler ist noch keiner gestorben, ja, nicht einmal von der kleinsten Nasenscheidewandentzündung hat man je vernommen.

Kritisch würde es vielleicht werden, wenn der Schnupftabak direkt ins Gehirn überginge. Doch dies ist nicht der Fall. Er verlässt die Nase wieder auf dem vorgegebenen Weg, wovon sich jeder leicht überzeugen kann, wenn er, sofern ihm nicht graust, das blaue oder rote Schnupftüachl eines Gewohnheitsschnupfers näher untersucht.

Diese Schnupftüachl sind großmächtige Hadern, die gewöhnliche Taschentücher ohne weiteres »schnupfen« könnten. Man wundert sich, dass sie überhaupt in einem Hosensack Platz finden. Hebt man sie auf, perlt es daraus hervor, und sinnigerweise hieß ja auch eine früher viel geschnupfte Marke »Perlesreuter«.

Ich erinnere mich noch gut, dass diese Schnupftüachl ein ewiger Zankapfel zwischen meinem Großvater väterlicherseits, der als echter Oberpfälzer mit Schnupftabak sozusagen großgezogen worden ist, und der Großmutter waren. Dazumal gab es noch keine Waschmaschine, alles musste »von Hand« gebürstet werden. Ein »alter Saubär« ist da einem empfindsamen Gemüt wohl schon einmal ausgekommen.

Der Großvater aber senkte keineswegs schuldbewusst den Kopf. In stoischer Ruhe nahm er die Vorwürfe hin. Sicher kannte er jene Strophe des Schnupferlieds: »Mir ham scho Weiba ghabt, de ham uns nimmer mögn, weil mir um d' Nasn rum voller Tabak san gwen. Mir ham uns nix draus gmacht, mir ham's glei selba gsagt, dass uns vui liaba is a Pris Tabak.«

Einen großen Fehler aber hat der Schnupftabak doch! Er ist kein bayerischer Spezialfall wie etwa die Weißwurst oder der warme Leberkäs. Und wenn wir auch noch so fest glauben, er sei vom lieben Gott maßgefertigt für Bayernpratzen und Bayernzinken, wir müssen uns belehren lassen, dass das Schnupfen am französischen Hof aufkam, der »Alte Fritz« lange schon vor unserem »Kini« seine Nase fütterte und auch Napoleon nicht nur halb Europa, sondern auch selber pausenlos geschnupft hat.

Den Namen Schmalzler oder Schmai, den freilich gibt's nur in Bayern. Er kommt daher, weil der Tabak früher mit Schmalz verrieben wurde. Und wo gäbe es eine Schnupferhymne, die sich mit unserer vergleichen ließe: »Der Duwak-wak, der Duwak-wak, der Duwak ist mein Läben, der Duwak-wak, der Duwak-wak, der Duwak is mei Freid!«

Das verstehen andere Volksstämme gar nicht mehr! Genauso wenig wie den schönen Reim: »Wenn e an Huat hätt, lupfat e 'n, wenn e an Schmai hätt, schnupfat e 'n.« Da ist der in »Vitrioiäi eitauchte Oachkatzlschwoaf« direkt ein Kinderspiel dagegen.

Nein, wer das bayerische Sprachabitur bestehen will, der muss schon den genannten Vers bis hin zur zungenbrecherischen dritten Person Plural durchdeklinieren können: »Wenn s' an Huat hä'n, lupfatn s'n, wenn s' an Schmai hä'n, schnupfatn s'n.«

Wer's ohne Stolperer zu Stande bringt, dem soll zur Belohnung eine stattliche Pris auf dem Handrücken wachsen und zu ihm sagen: »Hasch mich, ich bin der Schmai!«

Wie man einen Doktor kuriert

Als ich noch ein Knäblein war, saß neben mir auf der Schulbank ein robuster Bursche mit Namen Joachim, der durch sein Phlegma und sein gesundes Misstrauen gegen jede Wissenschaft zu den schönsten Hoffnungen berechtigte. Er wurde denn auch, den Unkenrufen des Lehrkörpers zum Trotz, ein viel beschäftigter Arzt und Geburtshelfer.

Ich erinnerte mich seiner, als mir kürzlich meine Frau aus Versehen den Arm brach, und suchte seine Praxis in Berg am Laim auf.

Dort ging es hoch her wie in einer Suppenschule in den zwanziger Jahren. Bereits im Gang lehnten ohne jedes System gereizte Blinddärme, vegetative Dystonien, pflaumengroße Hämorrhoiden und eine herausgeschnackelte Bandscheibe. Aus einem Kammerl röchelte ein Asthmatiker, dem eine Höhensonne das Brustbein grillte. Und im Maschinenraum hielt ein Mann mit nacktem Oberkörper verzweifelt seine Hosen fest, indes ihm eine rothaarige Hexe in einem weißem Kittel Röntgenstrahlen durch die Brust jagte. Ein zweiter dieser antiseptischen Engel zermarterte einer Frau acht Fingerspitzen um eines einzigen Tropfen Blutes willen, während eine Dritte, ohne zu erröten, in das Wartezimmer hineinrief: »Der Blasenstein bitte zum Urinlassen kommen!«

Als ich in dieses Wartezimmer hineinsah, erfasste mich das Grausen. Da saßen wohl fünfzig Leute krank an krank auf fünferlei verschiedenen Stuhlgarnituren, aber auch auf Biedermeiersofas und altväterlichen Kanapees. Und während die einen damit beschäftigt waren, beim Umblättern zerlesener Illustrierter ihre erstklassigen Bazillen gegen die gebrauchten, aber noch gut erhaltenen ihrer Vorgänger auszutauschen, schilderten sich die anderen genüsslich ihre Leiden in allen Einzelheiten.

So sagte gerade ein Leistenbruch zu zwei Hexenschüssen: »Bei Kalbsbratwürstl macht er nix, aber bei Reiberdatschi hupft er schon nach dem ersten Bissen raus!« Wie wenn ein Bruch etwas mit der Verdauung zu tun hätte!

Zu allem Überfluss stand in der Mitte des Zimmers auch noch ein kleiner Tisch und darauf ein Aquarium, in dem zwei Goldfische so irrsinnig schnell herumschossen, als hätten sie Afterjucken und versuchten, sich mit den viel zu kurzen Flossen zu kratzen.

Wer hier den Chef spielen will, der muss kerngesund an Leib und Seele sein, dachte ich da, und dass ein anderer als Joachim wohl schon längst schreiend aus dem Fenster gesprungen wäre. Wie erschrak ich aber, als es mir endlich geglückt war, zu ihm vorzustoßen!

Die Hände des Doktors zitterten auf der Schreibtischplatte, als wären sie selbstständige Lebewesen. Seine Augen, die einst jeder Gefahr, auch der des Sitzenbleibens, ungerührt entgegengeblickt hatten, flackerten! Das Gesicht war von hektischer Röte überzogen. Schweiß glänzte auf der Stirn.

Während er hastig eine Zigarette paffte, telefonierte der ruinierte Jugendfreund zweimal mit der Bettenzentrale, beruhigte einen erhöhten Blutdruck in Haidhausen, bestellte Theaterkarten für Donnerstag, betrachtete die Lunge eines Mörtelrührers und sagte einer Mandelentzündung in Perlach zu, dass er am Abend vorbeikomme.

Ich erkannte natürlich sofort, dass ich eingreifen musste, ehe er vollständig zusammenbrach. Ungeachtet meines eigenen Gebrechens verschloss ich beide Türen, hängte den Telefonhörer aus und hieß ihn, sich auf das wachstuchbezogene Ordinationsbett zu legen. Offenbar war ihm jede Pause willkommen, denn er willfahrte sogleich.

Als Erstes maß ich seinen Puls: 190! So etwas Ähnliches hatte ich erwartet! Dann ließ ich ihn mit dem linken Zeigefinger an die Nasenspitze fahren. Er verfehlte sie natürlich um die ganze Neuhauser Straße. Nun ein Schlag mit dem Gummihammer auf die Kniescheiben. Die Beine blieben gefühllos liegen wie die nächstbesten Zaunlatten.

Hier durfte keine Sekunde mehr verloren werden! Ich schrieb ein Schild »Praxis wegen Tollwut des Doktors vorübergehend geschlossen« und hängte es vor die Tür. In weniger als einer Minute war das Wartezimmer leer gefegt, bis auf die Goldfische, die sich nun jedoch zusehends beruhigten.

Dann suchte ich den Rezeptblock und verordnete: Malzkaffee, kalte Wadenwickel, leichte Kreuzworträtsel und jeden zweiten Tag ein Orgelkonzert oder wahlweise drei Knoblauchzehen.

Als ich nach acht Tagen erstmals nach meinem Schulfreund schaute, war er bereits über den Berg. War fast wieder der alte unbekümmerte Knabe, das zünftige Haus von früher. »Er weiß sogar schon wieder, dass er mit mir verheiratet ist!«, sagte seine Frau strahlend – obwohl ich ihm so was strikt verboten hatte!

Nach weiteren acht Tagen konnte ich ihn bereits gesundschreiben. Er nahm sogleich seine alte Tätigkeit wieder auf und fragte mich, da er plötzlich meinen herunterhängenden Arm bemerkt hatte, ob ich einen Krankenschein bei mir hätte. Ich hatte nicht.

Dann tue es ihm Leid, sagte er und begleitete mich resolut zur Tür, ohne Schein keine Behandlung!

Daran erkannte ich, dass er nun vollständig wiederhergestellt war, und wandte den Schritt voll Genugtuung der heimatlichen Knochenmühle zu.

Kurschattiges

Jetzt waren schon alle möglichen Leute in Kur, aber den Herrn Schattenhofer will die Krankenkasse nicht um viel Geld in eine schicken. Möchte sie vielleicht warten, bis es zu spät ist?

Nicht, dass Schattenhofer eine unbezähmbare Sehnsucht nach Malzkaffee, kalten Güssen und Lehmauflagen hätte, nach Brennnesselsalat, Tautreten und Schwitzpackungen; nein, was er sich von einer Kur erhofft, ist vor allem ein zünftiger Kurschatten.

Aber in bäldigster Bälde bräuchte er den, nicht erst, wenn er so alt ist wie der Böhmerwald und sich, wenn er zwei auf einer Bank im Park schnabeln sieht, verwundert fragt: »Da muaß' doch no was gebn ham?!«

Schattenhofer stellt sich das Kurleben sowohl erfrischend wie auch aufregend vor. Angetan mit einem weißen, kurzärmeligen Hemd, flotten Kniehosen und urgesunden Sandalen, schlendert er durch die Kuranlagen, wobei er hin und wieder seine Arme in eines der zahlreichen Eintauchbecken legt, um sie für den Ernstfall frisch und griffig zu halten. Plötzlich fällt von hinten ein Schatten vor seine Füße, und das Herz beginnt ihm bis zum Hals hinauf zu schlagen. Langsam holt der Schatten auf, zieht mit seinem Schatten gleich, überdeckt ihn, wird eins mit ihm.

»Mein Kurschatten!«, jubelt es in Schattenhofer auf. »Endlich ist er da!«

Beglückt dreht er sich um und streckt ihm die Hand entgegen. Doch ist es diesmal noch nicht ganz das Richtige. Ein strammer älterer Herr schlägt die Haken zusammen, legt die rechte Hand an sein Sportkäppi und schnarrt: »Jestatten, Oberst a. D. von Zitzefeld, 12. Artillerieregiment Kronprinz Willem!«

Leicht enttäuscht wandelt Schattenhofer weiter, dem Gesang der Vöglein lauschend und die Eichhörnchen mit Knäckebrot fütternd. Und schon fällt wieder ein Schatten auf ihn. Diesmal von gewaltigen Ausmaßen und begleitet von heftigen Atemstößen, wie sie wahre Leidenschaft nur zu gern hervorbringt.

Oh weh, nun ist es eine Zweieinhalbzentner-Dame, die Schattenhofer auch sogleich berichtet, dass sie zum Abspecken hier sei, und ihn dann ohne weitere Formalitäten fragt, ob die Rohkost bei ihm auch so einen unvergleichlich angenehmen Stuhlgang wie bei ihr hervorbringe.

Entsetzt verabschiedet sich Schattenhofer mit der Ausrede, dass er sofort zu einer »Anwendung« müsse, und eilt mit einem schweren Schock von dannen.

Aber noch ist nicht aller Tage Abend! Und solange die Sonne scheint, fallen auch die Kurschatten. Zumindest in den Kurorten.

Schattengierig trabt Schattenhofer in seinen Sandalen weiter. Kurschättin, um nicht zu sagen Kurzschatz, wo bist du?

In der Nähe einer Tennisanlage ist es wieder so weit. Ein zierlicher Schatten gesellt sich neben den seinen. Vielleicht ein Schmaltier in seinen besten Jahren? Oh nein, eine gebrechliche alte Dame ist es diesmal. Sie fragt Schattenhofer, ob er auch so Seitenstechen habe wie sie, und gibt ihm ihre Tasche zum Halten.

Ernüchtert begibt sich Schattenhofer zur Kurdirektion. »Herr Kurdirektor«, sagt er, »ich möchte mich bezüglich der Kurschatten, die Sie auf Lager haben, beschweren. Angesichts der stolzen Preise in Ihrem Ort ist das Angebot wirklich unter aller Kanone!«

»Darf ich mir eine Frage erlauben«, sagt der Kurdirektor, »wie hätten Sie's denn gern?«

»Ich denke«, erwidert Schattenhofer, »an gut erhaltene Barockschatten bis zu achtzig Kilo Hintergrund, meinetwegen darf es aber auch jüngere Renaissance sein, wenn die Ecken nicht zu scharf hervortreten.«

»Tut mir Leid«, bedauert der Kurdirektor, »gerade diese Schatten führen naturgemäß in einem Kurort ein Schattendasein. Außerdem möchte ich Sie noch auf etwas aufmerksam machen.«

»Und das wäre?«

»Dass Ihr Schatten auch nicht mehr der allerfrischeste ist!«

Als Herr Schattenhofer bis hierher gedacht hatte, schrieb er im Geiste der Krankenkasse wie folgt: »Sehr geehrte Damen und Herren, für die Ablehnung meines neuerlichen Gesuchs um einen vierwöchigen Aufenthalt in einem Kurbad bin ich Ihnen weiter nicht böse. Denn selten eine Kur, auf die ein richtiger Schatten fällt! – Mit besten Grüßen Ihr Erwin Schattenhofer.«

Herr Doktor, meine Ohren sausen

»Sie haben«, sagt der Vertrauensarzt zu mir, »eine ausgeprägte rezivegative Drysugation.«

»Sehr erfreut, Herr Doktor. Aber was ist das eigentlich?«

»Bei der rezivegativen Drysugation handelt es sich um eine Störung des contrapondabilen Reizungsfaktors innerhalb des mozibären Systems.«

»Und was kann man dagegen tun?«

»Bis jetzt leider noch nichts. Wir Ärzte stehen selber vor einem Rätsel.«

»Interessant. Aber die dauernden Stiche im Rücken, Herr Doktor?«

»Kommen höchstwahrscheinlich von etwas anderem. Wie steht es denn bei Ihnen mit der Prostata?«

»Ich trinke ziemlich viel und regelmäßig, Herr Doktor, bin aber trotzdem danach selten beschwerdefrei. Könnte es sein, dass ich eine Brandscheibe hab?«

»Auf alle Fälle sollten Sie sich im Trinken zurückhalten. Was macht bei Ihnen überhaupt die Leber?«

»Leber macht mir gar nichts aus, Herr Doktor. Sie liegt mir sehr gut im Magen. Oft esse ich sogar zwei Portionen. Besonders gern mag ich sie sauer.«

»Nein, ich meine, was Ihre Leber macht, Ihre eigene?«

»Meine Leber? Ja, sind Sie denn der Ansicht, dass ich eine Leber hab? Wie das nächstbeste Schwein?«

»Jeder Mensch hat eine Leber. Ich könnte Ihnen jetzt zum Beispiel ohne weiteres einen Leberhaken geben, besonders wenn ich daran denke, dass Sie wieder Ihren Krankenschein vergessen haben!«

»Da müssten Sie aber zuvor wissen, wo sich meine Leber befindet!«

»Das weiß ich ziemlich genau, es sei denn, Sie hätten eine Wanderleber.«

»Eine Wanderleber, was ist denn das nun wieder?«

»Nun, die wandert eben so im Körper herum.«

»Da bringen Sie mich auf eine Idee, Herr Doktor. Könnte mein Gliederzucken von einer Wanderleber kommen? Und könnte es ferner sein, dass sie auf ihrer Wanderung manchmal voll Neugierde aus dem Gesäß herausschaut?«

»Unsinn! Ich habe Ihnen doch schon beim letzten Mal erklärt, dass Sie griechische Hämorrhoiden besitzen!«

»Ja, leider. Schweizer Aktien wären mir lieber. Aber was kann ich denn nun eigentlich gegen das Gliederzucken machen?«

»Am besten tun Sie gar nichts. Denn durch das Unterbinden des Gliederzuckens träte ein empfindlicher Bewegungsmangel ein, der das größte Übel unserer Zeit ist.«

»Dann ist Gliederzucken also gesund?«

»Zumindest nicht schädlich. Haben Sie überhaupt die Zäpfchen genommen, die ich Ihnen voriges Mal verschrieben hab?«

»Die Zäpfchen? Nein, die hab ich nicht hinuntergekriegt, die waren viel zu groß. Jedes Mal hat es mich furchtbar gewürgt. Ich hab sie dann einfach in die Ohren gesteckt.«

»Ja, warum denn in die Ohren?«

»Weil ich wieder einmal mein Ohrensausen gehabt hab! Die sind gesaust, als ob es um die Meisterschaft ginge!«

»Und hat es was geholfen?«

»Leider nein. Die Zäpfchen sind mir ja immer wieder herausgefallen, obwohl ich meine Ohrmuscheln ganz fest zusammengepresst hab.«

»Sie stellen sich aber auch an! Wie soll ich Sie denn da heilen? Wie geht es übrigens Ihren Lymphknoten?«

»Nicht so besonders. Ich glaub, sie sind nicht mehr ganz fest zu. Wahrscheinlich gehören sie nachgeknüpft.«

»Lächerlich! Legen Sie sich bitte einmal da auf dieses Bett. Und jetzt die Zunge heraus!«

»Bäh!«

»Sie haben ja nur *eine* Mandel im Rachen. Wo ist denn die andere?«

»Weiß ich doch nicht. Vielleicht ist sie mir in einem unbeobachteten Augenblick gestohlen worden?«

»Niemand stiehlt Rachenmandeln, merken Sie sich das! Oder waren Sie einmal bewusstlos?«

»Nicht dass ich wüsste! Aber schlafen tu ich in der Nacht meistens, und da könnte es passiert sein.«

»Mit wem schlafen Sie?«

»Das ist Privatsache, Herr Doktor. Ich mische mich ja auch nicht in Ihre Betten hinein. Doch ich glaub eher, dass ich die Mandel verschluckt hab. Weil es mir oft ganz unvermittelt sauer aufstößt. – Ja, um Gottes willen, Herr Doktor, was haben Sie denn? Ist Ihnen schlecht?«

»O Gott, mir ist ganz schwindlig, ich glaub, durch Ihr laienhaftes Gewäsch hab ich jetzt ebenfalls eine rezivegative Drysugation bekommen!«

»Sie auch? Sehen Sie, das kommt davon, wenn man auf den contrapondabilen Reizungsfaktor innerhalb des mozibären Systems nicht aufpasst!«

Einen gebrauchten Mercedes im Mund

Ein Bekannter vom Schwager, der Herr Hillermeier, bleckte die Zähne. »Schauen Sie mich genau an!«, sagte er, »Ich bin heute siebentausend Euro mehr wert als gestern.«

»Im Lotto gewonnen?«, fragte der Schwager.

»Nein«, sagte er, »Zahnersatz bekommen, drittes Gebiss. Sie verstehen?«

»Kuk i denn, kuk i denn zum Städtele hinaus …«, trällerte der Schwager vor sich hin.

»Genau!«, sagte Herr Hillermeier.

Er riss seinen Mund weit auf, wobei er verblüffend einem gähnenden Krokodil ähnelte, griff ungeniert mit den Fingern seiner Rechten hinein, nackelte zwei halbmondförmige rosa Platten mit gut einem Dutzend falscher Zähne daran heraus und hielt sie ihm unter die Nase.

»So genau wollte ich's nun auch wieder nicht wissen!«, meinte der Schwager.

»Ich bin einfach stolz drauf«, sagte Herr Hillermeier. »siebentausend Euro – echte deutsche Wertarbeit!«

»Das ist ja ungeheuer«, meinte der Schwager, »dafür bekommt man ja schon fast ein Auto! Und jetzt bedenken Sie einmal, wie viele tausend Einzelteile in so einem Auto drinstecken – und dann diese zwei lächerlichen Kleinigkeiten aus irgendeinem Kunststoff. So treibt man das Volk in den Ruin!«

»Ich weiß gar nicht, was Sie haben!«, sagte Herr Hillermeier. »Einen Teil davon zahlt doch die Krankenkasse.«

»Eben!«, erwiderte der Schwager. »Die Krankenkasse, das sind nämlich wir alle. Darum müssen ja jedes Jahr die Beiträge erhöht werden.«

Unbeeindruckt platzierte Herr Hillermeier seine falschen Beißer wieder in sein Krokodilmaul zurück. Genüsslich schmatzend rasteten die Platten ein. Er sagte: »Immer mehr brauchen so was, und auch Sie werden eines Tages nicht drum herumkommen. Weil nämlich die Zähne von dem alten Herrn dort oben – er deutete in den Himmel hinauf – den Anforderungen der heutigen Zeit nicht mehr gewachsen sind. Sie sind zwar billig, aber kariös von Kindheit an.«

»Aber bloß, weil Sie und Ihresgleichen ständig das Falsche futtern!«, rief der Schwager zornig. »Sie Zuckerbubi Sie! Sie kosten mich ein Vermögen!«

Herr Hillermeier warf sich in die Brust. »Ich schätze«, sagte er, »dass wir Zahnersatzträger die kostenintensivste Gruppe unserer Zeit sind, dass für uns insgesamt mehr Geld aufgewendet wird als für kulturelle Zwecke in der gesamten Bundesrepublik.«

Der Schwager wurde jetzt echt wütend. »Sie eitler, aufgeblasener Wiederkäuer!«, rief er. »Mir und anderen Vollkornbrotessern Tausende und Abertausende aus der Tasche stehlen! Für zurechtgebogenen Kunststoff. Mein Auto ...«

»Jetzt kommen Sie schon wieder mit Ihrem Auto daher«, sagte Hillermeier. »Bedenken Sie doch, dass Gebisse nicht am Fließband hergestellt werden können, sondern dass jedes individuell gestaltet werden muss – wie ein Kunstwerk.« Und er machte Anstalten, seine Prothese ein zweites Mal herauszunehmen.

»Lassen Sie Ihren gebrauchten Mercedes gefälligst im Maul!«, sagte der Schwager. »Mir reicht's jetzt!« Und er machte auf dem Absatz kehrt und eilte grußlos davon.

»Soll ich Ihnen nicht doch sicherheitshalber die Adresse von meinem Zahnarzt geben?«, rief ihm der penetrante Kerl hämisch nach.

Und seltsam: Seitdem glaubt der Schwager ständig ein eigenartiges Ziehen und Bohren in seinen Kiefern zu spüren.

Die Einschläge kommen näher

»Wie geht's, Onkel Wasti?«, fragte ich den inzwischen über Achtzigjährigen, als ich ihn dieser Tage wieder einmal pflichtschuldigst anrief. Denn er ist nicht nur der jüngste Bruder meiner schon lange verstorbenen Mutter, sondern auch noch mein Firmpate, der mir, obwohl damals arbeitslos, an jenem denkwürdigen Tag im Münchner Liebfrauendom eine gediegene Armbanduhr in die Tasche meines Anzügerls hatte gleiten lassen.

Der Onkel Wasti räusperte sich. Schließlich sagte er mit seiner immer noch rauchigen Stimme (er war stets ein starker Raucher gewesen, bis es ihm sein Arzt vor ein paar Jahren streng verboten hatte), er sagte also: »Im Großen und Ganzen gut – aber die Einschläge kommen halt immer näher!«

Damit meinte er, schlicht und ergreifend (hier passt die Floskel ausnahmsweise einmal), dass er immer öfter seinen schwarzen Mantel aus dem Schrank holen müsse, um an Beerdigungen von Bekannten, Verwandten und Vereinskameraden teilzunehmen. Obwohl im tiefsten Niederbayern geboren, ist nämlich der Onkel Wasti Mitglied eines Gebirgstrachten-Erhaltungsvereins, und wenn er seine »kurze Wichs« anhat und den verwegenen grünen Hut mit Gamsbart auf dem Kopf, traut man ihm ohne weiteres zu, einen Gamsbock zu schießen, sei es nun mit oder ohne Jagdschein.

Die »einschlägige« Bemerkung ließ mich sehr nachdenklich zurück. Denn nicht nur meine zahlreichen Onkel und Tanten hatten sich, bis auf den Onkel Wasti eben, schon alle davongemacht, auch von deren Kindern, meinen Basen und Vettern, war die eine und der andere, obwohl jünger als ich, schon, wie man so schön sagt, in die Ewigkeit abberufen worden; und dazu so mancher Kollege,

Schulfreund, Nachbar. Auch bei mir kamen die Einschläge immer näher!

Nun hab ich zwar einen Spaten (von der BayWa) in der Garage stehen, aber selbst wenn ich mir damit einen Graben ausheben würde, gegen Einschläge der erwähnten Art nützte er rein gar nichts. Ob ich vielleicht den Bierkonsum drastisch einschränken und statt dessen stramme Gymnastik am offenen Fenster machen sollte?

Ich rief noch einmal bei meinem letzten verbliebenen Onkel an und sagte: »Entschuldige, dass ich schon wieder da bin. Es geht um die Einschläge, die immer näher kommen. Rauchst du eigentlich gar nicht mehr?«

Der Onkel hustete: »Nur noch ganz selten und bestimmt nicht, wenn ich zu meinem Arzt muss; denn der hat eine unheimlich gute Nasn für so was. Hast mi?«

Ich hatte ihn. »Und wie steht's mit Alkohol, speziell mit Bier?«

»Ich soll jeden Tag drei Liter Flüssigkeit zu mir nehmen, hat der Doktor gesagt«, meinte der Onkel Wasti vieldeutig.

»Und ohne Bier ginge des ja gar nicht – stimmst's, Onkel Wasti?«

»Genau. A Trachtler ohne Bier, des wär ja wiar a Lederhosn ohne Tür!«

»Und wie stehts mit Gymnastik, überhaupt mit Bewegung?«, bohrte ich weiter.

»Du, horch einmal, ich hab Gymnastik und Bewegung in meinem Leben gnua ghabt. Da werd ich mir doch mit achtzig koan Fuaß mehr ausreißn!«

»Nimmst du wenigstens Vitamintabletten?«

Darauf der Onkel Wasti: »Spinnst jetzt ganz?«

»Auf Deutsch gsagt«, fasste ich zusammen, »du tust praktisch nichts gegen die näher kommenden Einschläge?«

»Mei, Bua« – er sagte tatsächlich ›Bua‹ – »redst du an Schmarrn! Gegen diese Einschläge bist machtlos. Da helfen keine Tabletten, keine Spritzen, keine Lebensversicherung. De muaßt nehma, wia s' kumma, und dann ganz schnell wegsteckn. Einfach verdrängen, nimmer dran denken. Wo glaubst du zum Beispiel, dass ich meinen schwarzn Mantel hängen hab? – Im Speicher drobn, in am altn Schrank, damit i 'n net jedn Tag anschaun muaß.«

»Nicht schlecht«, sagte ich und bedankte mich bei meinem Onkel für die geleistete Lebenshilfe. Dann holte ich meinen schwarzen Mantel aus dem Kleiderkasten, schleppte ihn in den Keller und versenkte ihn in einem alten Schließkorb.

Auf Wiedersehen bis zum nächsten Einschlag!

Die Tricks der Schwiegermutter

Des Schwagers Schwiegermutter, vital, schlagfertig und dreiundachtzig, raucht wie ein Schlot, trinkt Bohnenkaffee kübelweise und ist eine ausgesprochene Fleisch- und Wurstkatz. Um ihr Gewissen zu beruhigen, mampft sie angeblich jeden Morgen Müsli, verzehrt hie und da zwei Blattl Salat und macht wöchentlich eine Kniebeuge. Manchmal von Wehwehchen geplagt, sucht sie regelmäßig ihren Arzt auf. Sie betrachtet diese Besuche aber mehr als willkommene Abwechslung vom Alltag denn als Anlass, die Ratschläge des Herrn Doktor auch zu befolgen.

Im Augenblick geht sie gerade auf den Balkon hinaus, um zu vertuschen, dass sie sich ein Zigaretterl anzündet. Der Schwager sieht deutlich den blauen Dunst aufsteigen, obgleich sie versucht, ihn mit Handwedeln übers Geländer zu scheuchen.

»Hast schon wieder geraucht?«, sagt er vorwurfsvoll, als sie hereinkommt. »Die wievielte war denn das heut schon?«

»Erst die dritte«, behauptet sie. »Da schau her« – sie zeigt auf den Schachterldeckel – »erst drei Stricherl.«

Der Schwager hat allerdings den begründeten Verdacht, dass es sich bei dieser Stricherlschreiberei um ein Betrugsmanöver handelt. Sicher macht sie nur bei jedem dritten Glimmstängel ihr Stricherl.

»Was sagt denn eigentlich der Doktor zu deiner Raucherei?«, bohrt er weiter.

»Der weiß nichts davon«, erwidert sie treuherzig. »Ich lutsch doch immer vorher ein Pfefferminz.«

»Aha, und drum kann er's dir auch nicht verbieten.«

Die Schwiegermutter drückt schelmisch ein Auge zu und lächelt viel sagend.

»Wie wär's denn, wenn ich ihm einmal was flüstere?«

»Das wär gemein von dir«, bockt sie, »wo er mir doch vollkommen vertraut.«

»Von deinen Kaffeeorgien weiß er wohl auch nichts?«

»Danach hat er mich noch nie gefragt«, behauptet sie.

»Dieser Weißkittel ahnt wohl viel zu wenig von den geheimen Süchten und Sehnsüchten einer glüstigen älteren Frau«, meint der Schwager. »Zu deinem ungezügelten Fleischverzehr hat er sich, so viel ich weiß, aber doch mehrmals kritisch geäußert. Hast du nicht immer stark erhöhte Harnsäurewerte gehabt?«

»Freilich«, sagt die Schwiegermutter, »und drum lass ich sie ja auch nicht mehr messen. Wo kein Kläger, da kein Richter, verstehst? Außerdem hab ich schon wochenlang kein Fleisch und keine Wurst mehr gegessen.«

»Aber Resi« ruft da der Schwager (seine Schwiegermutter hat nämlich den schönen Namen Theresia), »das glaubst ja selber nicht! Vorgestern hat's ein Gulasch bei dir gegeben ...«

»... die paar Bröckerl sind doch gar nicht der Red wert ...«

»... gestern ein Ochsenfilet ...«

»... von dem ich dir die Hälfte gegeben hab ...«

»... und heut warst schon wieder beim Metzger und hast Schweinskotelett und Kalbsleber mitgebracht ...«

»… bloß, weil's so appetitlich ausgeschaut hat, so richtig gesund! Der Herr Doktor hat ausdrücklich zu mir gesagt, alles, was mir schmeckt, darf ich ruhig essen.«

»Dir schmeckt aber bloß immer das Allerverkehrteste!«

»Vergiss nicht, dass ich jeden Tag in der Früh mein Vollkornmüsli ess«, versucht sie zu beschwichtigen.

Zur Schwägerin gewandt aber sagt sie: »Besorg mir gleich wieder zwei Packungen, ich hab nur noch einen kleinen Rest.«

Bevor der Schwager dazu etwas Wichtiges hätte sagen können, nämlich, dass er kürzlich in ihrer Wohnung, als gerade der Vorratsschrank einen Spalt offen stand, siebzehn ungeöffnete Müsli-Packungen darin stehen sah, winkt ihn die Schwägerin hinaus und redet ihm ins Gewissen wie folgt: »Hör doch endlich auf mit deinem Gebenz, sie ist doch sowieso für ihr Alter erstaunlich fit!«

»Aber sie könnte noch viel fitter sein«, meint der Schwager, »wenn sie …«

»Wer weiß«, unterbricht ihn die Schwägerin. »Jedenfalls ist ihre selbst gestrickte Therapie, nämlich sich vorzumachen, kaum zu rauchen, wochenlang kein Fleisch und jeden Tag Müsli zu essen, sehr erfolgreich. Der Glaube, urgesund zu leben, versetzt bei ihr Harnsäure- und Cholesterin-Berge.«

Darauf weiß der Schwager nichts mehr zu erwidern. So eine raffinierte Schwiegermutter, die sich selber jeden Tag durch Selbsttäuschung von ihren Sünden befreit, hat wirklich nicht jeder. »Reserl, sollst leben!«

Ein todsicheres Schlafmittel

Heiße Milch mit Honig wird empfohlen oder eine Halbe Dunkles vor dem Schlafengehen. Andere raten, von eins bis hundert zu zählen oder im Geiste eine Herde Schafe Stück für Stück in einen Pferch zu treiben; oder auch autogenes Training: Rechter Arm schwer, ich bin vollkommen ruhig ...

Aber wenn man von alldem bloß immer noch munterer wird? Dann, Kopfkissenzerwühler, gibt es noch ein letztes Mittel, das garantiert den ersehnten Schlaf auf die Lider zaubert: Setz dich in dein Auto und fahr in die Nacht hinaus! Bald überfällt dich herzhaftes Gähnen, und kurz darauf fühlst du, wie dich Morpheus in die Arme nimmt ...

Dieses Schlafmittel ist freilich nicht ungefährlich. Schon mancher, der es genommen, ist nicht mehr in sein Bett heimgekommen. Es ist eben ein todsicheres Mittel!

Die Stimme der Frau ist ängstlich und drängend: »Bist du wach, Robert? – Schlaf ja nicht ein!«

»Reg mich nicht auf, Anna«, sagt Robert. »Ich bin hellwach!«

Wenn ich nur Zündhölzer hätte, denkt er, ich könnte sie in die Augen klemmen, damit sie nicht zufallen. Ich werde sie von nun an immer bloß für einen ganz kurzen Augenblick schließen und dann gleich wieder aufmachen, nimmt er sich vor.

»Verrückter Kerl, fahr doch nicht so nah an die Leitplanken heran«, ruft Anna. »Denk an Rudi. Er ist auch am Steuer eingeschlafen und gegen einen Baum gefahren. Totalschaden! Und dazu vier Rippen gebrochen.«

»Er hatte aber auch sieben Halbe Bier«, sagt Robert schläfrig.

»Und bei dir sind's heute fünf gewesen«, sagt Anna. Sie stellt das Autoradio an.

»Bei diesem Gedudel schlaf ich unweigerlich ein. Da dauert's keine Minute mehr«, meint Robert und schaltet wieder ab.

Drei Kilometer fahren sie schweigend weiter. Der Mann fühlt, wie ihm der Kopf wieder auf die Brust sinken will.

»Robert, schläfst du?«

»Ja«, sagt Robert. Er kurbelt das Fenster herunter. »Die frische Luft wird mich munter machen«, meint er und starrt angestrengt in die Nacht hinaus.

Anna beginnt zu singen: »Ein Mops kam in die Küche und stahl dem Koch ein Ei. Da nahm der Koch das Messer und schnitt den Mops entzwei. Sing mit«, sagt sie, »dann hab ich eine Kontrolle, ob du wach bist.«

Bei der Stelle »Da kamen andere Möpse und gruben ihm ein Grab« rutscht Robert die Stimme weg. Er fängt undeutlich zu murmeln an: »Und setzten ihm den Grabstein, auf dem ...«

Stille.

»Um Gottes willen, Robert!«

»Was ist, warum weckst du mich schon wieder?«

Anna rammt ihm ihren Ellenbogen in die Seite. »Fahr sofort rechts hinaus«, sagt sie, »wir müssen eine Pause machen. Rauch eine Zigarette! Oder noch besser: Mach zehn Kniebeugen!«

Robert hält, geht dreimal um den Wagen, atmet die kalte Nachtluft ein. »Wir können wieder«, sagt er. »Ich bin vollkommen fit. Es sind ja nur noch dreißig Kilometer.«

Nach fünf Minuten fängt es von Neuem an. Er kämpft mit den Augendeckeln. Noch nie waren sie so schwer wie heute!

Seit seiner Schulzeit war Robert nicht mehr geohrfeigt worden. Jetzt ohrfeigt er sich selber. Mit der flachen Hand schlägt er sich ins Gesicht, um wach zu bleiben. Anfangs leicht, dann immer fester. Als er einmal längere Zeit damit aussetzt, fasst Anna mit der linken Hand ins Steuerrad und gibt ihm mit der anderen eine schallende Ohrfeige.

»Vielen Dank«, sagt Robert, als er die Augen aufschlägt und erkennt, dass er eben im Begriff war, in einen Weiher zu fahren.

Endlich liegt Robert in seinem Bett. Unruhig wälzt er sich hin und her. Er zählt von eins bis hundert, treibt mindestens fünfzig Schafe in den Pferch, trainiert autogen. Umsonst! Er steht auf und macht sich heiße Milch mit Honig, bekommt aber bloß Blähungen davon.

Eine halbe Stunde vergeht, eine ganze. Er kann und kann nicht einschlafen. Jetzt gibt es nur noch dieses eine todsichere Mittel! Er kleidet sich an, geht in die Garage und fährt in die Nacht hinaus. Anna, seine Witwe, liegt nichts ahnend im Ehebett und pfeift wie ein weinerlicher Teekessel vor sich hin.

Münchner Geschichten

Der Duft, der eine schöne Stadt begleitet

»München stinkt wie die Pest!« Der Fremde, der das sagt, hat ausnahmsweise Recht. Er stand vor dem Hauptbahnhof und es roch wirklich, als hätten gerade tausend Autos gerülpst. »München ist grau in grau!« Auch dieser Fremde sagt die Wahrheit. Er ging an einem Vormittag durch die Neuhauser Straße, an dem der Himmel die Regenwolken, ohne Solidarität zu bekunden, auf die Kirchtürme der Stadt gehängt hatte und von seinen unsichtbaren Heerscharen auswinden ließ.

Aber München kann auch anders. Sogar ganz anders. Freilich ist es unendlich schwer, den Duft zu beschreiben, der diese schöne Stadt begleitet. Und mit den Farben, in denen sie kokettiert und schmollt, ist es nicht anders. Genau genommen sind es 67 Gerüche und 18 Farben (wenn wir uns nicht verzählt haben), die untereinander aber noch zahlreiche Liebschaften, meist schlampige, eingegangen sind. Lasst uns trotzdem, den fremden Besuchern zu Nutz und Frommen und dem einheimischen Publikum zur Begutachtung, mit dem Wagnis einer (allerdings rein zufälligen) Aufzählung beginnen.

Wanderer, kommst du nach München, so landest du vielleicht auf dem Flughafen im Erdinger Moos. Sofort riecht es scharf nach Protesten aus der Nachbarschaft. Das Grün des Rasens ist mit grauen Asphaltbändern gemustert, dem schmutzigen Weiß einer Schafherde gesprenkelt. Im Hintergrund steht blau das Gebirge, wie in einem Bauerntheater. Die Stewardess schmeckt nach Pariser Parfüm, der silberne Vogel herb nach Gaddafis

Öl. Von irgendwoher zieht einem der Rauch eines Kartoffelfeuers in die Nase. Dies alles ist ein Vorgeschmack auf die rustikal-urbane Mischung, die den Fremdling auch in der Stadt erwartet.

Keiner entrinnt dem Stachus. Man wähle, um ihn völlig entfesselt zu erleben, die fünfte Nachmittagsstunde. Wie die von der Arbeit Entlassenen beim Signal Grün gleich feindlichen Heerhaufen aufeinander zurennen, wie sie sich ineinander verschlingen und wie durch ein Wunder wieder lösen, das ist gekonnt wie die Massenszenen beim filmischen Untergang Roms. Man halte die Augen offen, die Nase aber geschlossen. Denn bei allem Lokalpatriotismus: Hier riecht es nicht nur nach Abgasen, sondern auch nach Aufruhr und Schizophrenie. Trotzdem: Lass plötzlich die Sonne wie eine Butterblume von einem blassblauen Seidenhimmel scheinen und ihre Strahlen auf den kupfernen Hauben der Frauentürme tanzen, dann springt das Chaos in fast südländischer Heiterkeit dahin.

Der Marienplatz mit seinem nachgebackenen Rathaus und den Farbflecken des Glockenspiels im Turm schmeckt auf der einen Seite nach bürgerlichen Rauschebärten, auf der andern nach moderner Parteibuch-Wirtschaft und wohl auch ein wenig nach Größenwahn. Die Oper, in Pastellfarben auf den Max-Josef-Platz gezaubert, duftet nach Arien und Abendkleidern, die verspielten Innenhöfe der Residenz umweht der Hauch verloren gegangener Prinzessinnen. Das Maximilianeum über der heiteren Maximilianstraße riecht parlamentarisch nach Josef Filser, die Ludwigstraße klassisch nach King Louis, Queen Therese und auch ein Quäntchen nach Lola Montez, der Spanischen Fliege.

Fremdling, setzen! Am besten auf eine Bank im Hofgarten, wo du dich im lieblichen Florenz wähnen kannst. Siehst du, wie der Ocker auf der taubenumflatterten Theatinerkirche in der Sonne leuchtet? Dann zieh weiter zum Alten Hof, der ersten Residenz der bayerischen Herzöge, wo das Mittelalter hockt und von eisenklirrenden Rittern und spitzhütigen Edelfräulein erzählt. Fahr dann hinaus mit der weiß-blauen Straßenbahn nach Schloss Nymphenburg und seinem weiten Park und verwandle dich im hellblauen Spiegelsaal der Amalienburg in einen leichtlebigen »Rokokoler« (Pluderhosen und Perücke sind mitzubringen!).

Nun zurück marsch, marsch hinter Münchens älteste Pfarrkirche St. Peter! Dort erwartet uns der ländliche Hautgout des Viktualienmarkts, ein bunter Farbtupfen im Herzen der Stadt. Hier »hört« man es förmlich, wie es nach Vilshofen und Plattling riecht. Neben scharfzüngigen Marktfrauen, neben Rehschlegeln, Emmentaler Käse und Williamsbirnen, zwischen Kohlrabi, Karpfen und gerupften Gänsen stehen der Karl Valentin, die Liesl Karlstadt und der Weiß Ferdl und halten weiße Margeriten im Denkmalsarm. Sogar ein Maibaum in einem weiß-blauen Ringelpullover sticht wie ein naseweiser Zeigefinger in den Himmel.

Weit schweift der Blick vom altersgrauen Petersturm. Der weiße Fleck im Grün des Englischen Gartens, das ist der Monopteros, die große Frau in Anthrazit die Bavaria, das matte Weiß auf den Bergen Schnee. Von dort bezieht die Stadt einen Teil ihrer Leuchtkraft und ihres erdhaften Geruchs. Von dort kommt auch die Isar, flinke Tochter des Karwendels, und der Föhn, der weiße Schäfchen in den Himmel malt und die Herzen unruhig macht. Das hellrote, zum Himmel stürmende Ziegelgemäuer des Doms, das ist das alte München. Das großflächige Lindgrün eines die Umgebung weit überragenden Heizkraftwerks gehört dem neuen München an. Unter Schmerzen wächst das Neue zum Alten. Aber bald schon weiß es keiner mehr anders.

Weil die Münchner immer rarer werden in dieser Stadt, will ich dir auch einen Ort zeigen, wo sie noch gehäuft wohnen. Vielleicht in Sendling, vielleicht in Neuhausen oder in der Au. Hier ist gleich so ein Haus, wie ich meine. Mit einem Hinterhof, in dem ein alter Baum grünt für Vogelgezwitscher und Bubenkünste. Weiße Wäsche weint Tränen von den Balkonen herunter. Auf den Fensterbrettern wachsen Geranien und Schnittlauch für Suppen und Butterbrote. Riechst du, was es im Parterre zu essen gibt? Und dazu die Biederkeit, la petite tristesse, den Tritschtratsch und die böse Nachbarin? Hier sangen früher die Hofsänger das rührselige Lied von der Rasenbank am Elterngrab, und die Leute wickelten ein Fünferl in Zeitungspapier und warfen es den Sängern vor die Füße.

Vorne, zur Straßenseite, steht die »Wirtschaft zum feuchten Eck«. Mit Kreide steht auf einer Tafel geschrieben, was den Gast erwartet: Schweinsbraten mit Knödl und gem. Beil., ein Biflamott und ein Wammerl mit Kraut. Aus dem offenen Fenster riecht es nach kaltem Stumpenrauch, Bratkartoffeln und zivilen Preisen. Im Nebenzimmer singt an jedem Donnerstagabend die

»Harmonie 1873«, plattelt an jedem zweiten Samstag ein Gebirgstrachten-Erhaltungsverein, die Männer in der Lederhose, die Frauen im roten Leiberlgwand mit blauseidener Schürze. Auch das gibt es noch in der Millionenstadt München.

Richtig, was der Wind jetzt Würziges daherträgt, das ist Malzgeruch. Stammt direkt aus einer Münchner Brauerei. Gehen wir also zum Abschluss in einen echten, rechten Münchner Bierkeller! Grüne Stühle, grüne Tische, grüne Kastanien. Und dazu vergnügte Zecher, pressante Kellnerinnen, zehn volle Masskrüge an die stattliche Brust gedrückt, Schweinswürstlgeruch und Brathendlduft.

Nimm vorsichtshalber ein Bierfilzl und deck damit deinen Masskrug zu. Frech sind die Spatzen in dieser Stadt. Ein Vogel war hier einmal Bürgermeister.

Wie man eine Kellnerin zähmt

Ein Herr sitzt in einem Biergarten. Er hat ein Bierfilzl auf seinen Masskrug gelegt, weil er nicht will, dass ihm die Spatzen von den Kastanien herunter nachschenken. Der Herr gehört noch jenen altmodischen Kreisen an, die ein Klappmesser in der Hosentasche tragen. Dieses Klappmesser holt er jetzt hervor und beginnt damit, einen Ranken Emmentaler, der auf einem Stück Papier liegt, in ordentliche Würfel zu schneiden.

Ich muss noch erwähnen, dass ich dieser Herr bin.

Aber offenbar sieht die Kellnerin in mir ein verdächtiges Subjekt. Sie streicht wie eine Hyäne um meinen Tisch und beobachtet mein Treiben mit argwöhnischen Blicken. Wahrscheinlich ist es in diesem heiligen Haine neuerdings verboten, selber mitgebrachten Käse zu essen.

Ich habe umso mehr Grund, die Kellnerin zu scheuen, als ich soeben Zeuge einer Auseinandersetzung am Nachbartisch war. Eine Dame, die in ihrem Dirndlausschnitt eine Brust von vornehmer Blässe zur Debatte stellte, hatte an verschütteten Bierresten der Vorgänger Anstoß genommen und die Kellnerin gebeten, für Sauberkeit zu sorgen. Worauf das alte Fegeisen zornig mit einem feuchten Hadern über die Platte gewischt und dabei die Seidenschürze der Dame besudelt hatte.

Die Dame: »Oh Gott, können Sie denn nicht aufpassen?«

Die Kellnerin: »Waarst doch auf d' Seitn gruckt, du Schupfaratz! Brettlbroat aufm Arsch hocka und unseroans schikaniern, wo san ma denn, ha?«

Früher wäre das der Augenblick gewesen, nach dem Geschäftsführer zu rufen, damit er die Missetäterin im Doppelnelson abführe. Seit aber zwanzig Geschäftsführer auf eine Kellnerin kommen, hat es keinen Zweck mehr, und die Dame trug ihren Alabasterbusen empört in das Hoheitsgebiet einer anderen Kellnerin.

Die ganze Gefährlichkeit der Alten zeigte sich in der Art, wie sie daraufhin einen jungen Mann, der in seinem Unverstand eine Halbe Bier verlangt hatte, niedermachte: »Deppn gibt's«, sagte sie, »des gibt's gar net! A Halbe! Wart doch, du Mutterbuaberl, bis d' a Mass vertragst!«

In ihrer Raserei achtete sie nicht auf das Hendl, das sie auf einer Platte trug, so dass es ihr auf den Boden fiel. Sie säuberte es oberflächlich mit ihrem Unterrock und brachte es einem Japaner, der es, ohne eine Widerrede zu wagen, mit todtraurigen Augen zu benagen begann.

Jedenfalls wusste ich jetzt, dass ich mich vorsehen musste.

Vorsichtshalber stelle ich das Schneiden des Emmentalers ein und mache einen Buckel. Mit aller Wahrscheinlichkeit ist ihr Angriff von hinten zu erwarten.

Es dauert keine zwei Minuten, da schnellt ihre Hand über meine Schulter und versucht, den eingeschleppten Käs an sich zu reißen.

Wie gut, dass ich vor Jahren einmal einen Jiu-Jitsu-Kurs besucht habe. Blitzschnell greife ich zu und mache den berühmten Überwurf.

Da liegt sie nun hingestreckt im Kies und reibt sich verwundert die Augen.

Endlich rappelt sie sich hoch, tritt an meinen Stuhl und sagt in der liebenswürdigen Art, wie sie so selten geworden ist: »So, Herr, und jetzt hol i Eahna glei an Teller und a Besteck für Ihrn Emmentaler!«

Man muss nur in der richtigen Art mit den Leuten reden, dann stirbt die Münchner Gemütlichkeit niemals aus!

Freier Germane in der Oper

Bei schönstem Biergartenwetter trifft der Maxl einen Bekannten, dessen Birne vor Missmut rot leuchtet. Trotz fünfundzwanzig Grad im Schatten trägt er einen schwarzen Samtanzug, den Hals hat er sich mit einer Krawatte zugeschnürt.

»Beerdigung?«, mutmaßt Maxl.

»Wenn's bloß das wär«, meint der andere. »Aber mich hat's viel schlimmer erwischt. Ich muss heut Abend in Don Carlos! Fünf Stunden permanenter Gesang!«

Um ihn aufzurichten, ruft ihm der Maxl nach, dass er am Abend im Hirschgarten anzutreffen sei.

Natürlich wundert er sich über diesen Zeitgenossen. Warum hetzt jetzt der dem spanischen Infanten nach, wenn er ihm so zuwider ist und ihn überdies als Bayern so gut wie nichts angeht? Sollte das wieder einmal einer jener viel beredeten Zwänge sein, von denen der Mensch unserer Tage auf Schritt und Tritt eingeengt wird?

Maxl gelobt insgeheim, niemals und unter keinen Umständen derartigen Zwängen nachzugeben. Koste es, was es wolle! Sein diesbezügliches Motto lautet: Wir wollen frei sein, wie die Väter waren!

Was ihn betrifft, so richtet er sich jetzt jedenfalls seelisch auf den Hirschgraten ein. Er kauft einen Käs und einen Radi und eine Tüte voll Maurerloabi.

Wie er nach Hause kommt, findet er seinen schwarzen Anzug, ein plissiertes Hemd und ein neckisches Schleifchen auf dem Bett und die Muschi unter der

Trockenhaube. »Beeil dich«, sagt sie, »wir müssen in die Oper. Don Carlos. Die Gabliceks haben uns Karten geschenkt.«

Der Maxl glaubt, er hört nicht recht. »Was? Don Carlos? Glaubst du vielleicht, dass ich mich gesellschaftlichen Zwängen beuge, die ausgerechnet die Gabliceks abschütteln und an uns weitergeben? Was fällt denn diesen Leuten überhaupt ein?!«

»Die Gabliceks wollen doch nur deshalb nicht, weil sie nichts zum Anziehen hat«, entgegnete die Muschi. »Sie haben die Karten selber bloß von dem Oberministerialrat bekommen, der neben ihnen wohnt und bei dem die Frau Gablicek zweimal in der Woche sauber macht.«

»Ist doch mir Wurscht«, empört sich der Maxl. »So soll man die Staatstreue nicht übertreiben, dass man Staatsdienern, die dienstlich zum Besuch von Opern verpflichtet sind, ihre Stunden absitzt! Noch dazu bei der Hitz! Wer sind wir denn überhaupt?«

Wütend feuert er den Käs, den Radi und die Maurerloabi auf den Tisch. »Ich bin ein freier Mensch«, schreit er, »frei hat mich Gott erschaffen, und frei gedenke ich zu bleiben und nicht zum Knecht der Ministerialbürokratie zu werden!«

»Um Gottes willen«, ruft die Muschi, »so hab ich dich ja noch gar nie erlebt! Bist du vielleicht zu lang in der Sonne gewesen?«

Maxl hat nicht übel Lust, ihr den Radi hineinzurennen. Doch er bezähmt sich und sagt düster: »Richt dich zsamm! Wir gehen in den Hirschgarten! Und den Don Carlos kannst dir an den Hut stecken!«

Da erkennt sie natürlich schlagartig, dass ein freier Mann vor ihr steht, der auch überdimensionalen Zwängen die Stirn bietet, und bricht in wildes Schluchzen aus. Jedoch nicht vor Glück, sondern aus Verzweiflung.

Warum er ihr denn dann bloß das schöne grünseidene Abendkleid gekauft habe, stößt sie weinend hervor. Und er kann in der Tat keinen vernünftigen Grund dafür nennen. Es muss wohl so etwas wie eine Kurzschlusshandlung gewesen sein.

Oh, wenn der Maxl, bei aller Härte gegen die ihn umlauernden Zwänge, nur nicht so ein weiches Herz hätte! Wenn er nur Frauen länger weinen sehen könnte!

In der Opern-Pause trifft er auf den vom Zwange gezwickten Bekannten vom Vormittag. Natürlich ist der erstaunt, ihn hier zu sehen. Beide halten zwei Gläser Sekt in den Händen und schauen nach ihren lieben Frauen aus.

»Eine kolossale Aufführung von hohem künstlerischem Niveau«, bedeutet der andere dem Maxl. Der zahlt ihm mit gleicher Münze zurück: »Eine bewundernswerte Leistung des ganzen Ensembles, nur die Stabführung könnte etwas straffer sein. So gut hab ich den Don Carlos noch selten erlebt!«

»Und der Hirschgarten?«, fragt der andere lauernd, und eine gewisse Schadenfreude in seiner Stimme ist unüberhörbar.

»Man muss den banalen Zwängen des Alltags im höheren Interesse der Kunst auch einmal trotzen können«, entgegnet der Maxl.

Jeder freie Germane hätte da wohl seine Freude an ihm gehabt!

Drama beim Haarschneiden

Es begann, wie es immer beginnt. Als der Schwager dem wohl bekannten Salon zustrebte, näherte sich von der anderen Seite mit schnellem Schritt ein ungepflegtes Individuum. Obwohl er seinerseits noch einmal beschleunigte, siegte der Kerl mit einem Vorsprung von zwei Schritten und nahm triumphierend auf dem einzigen freien Behandlungsstuhl Platz.

Er hatte das Glück, vom Meister persönlich bedient zu werden, einem Künstler seines Fachs, dem es in seinen besten Stunden sogar gelingt, einen Yul Brynner in einen Michael ›Pfleghaar‹ zu verwandeln. Mit ihm konnte nun der Schwager leider nicht mehr rechnen. Jetzt war die Frage, ob er den Lehrling erwischen würde, der im ganzen Viertel als Radibutzschneider gefürchtet und gehasst wurde, oder Josef, den Gesellen, der keine schlechte Schere schneidet, wenn er auch dem Meister nicht den Rasierpinsel reichen kann.

Es begann ein spannendes, nervenzerfetzendes Rennen. Beide hatten ungefähr gleich große Köpfe zu bearbeiten. Einmal ging der Geselle in Führung, tändelte aber dann zu lange an den Ohren, so dass der Lehrling durch einen Spurt am Scheitel wieder gleichziehen konnte.

Endlich, in der zweiten Halbzeit, die bekanntlich am Hinterkopf ausgetragen wird, wendete sich das Blatt. Der Geselle ging zur Offensive über und schlug schöne raumgreifende Flanken, während der Lehrbub sich an den Wirbeln festrannte und durch Fehlpässe und grobe Fouls ins Hintertreffen geriet.

Schon ging der Schwager in die Startlöcher, da lehnte sich der vom Gesellen bereits abgewedelte Kunde nochmals zurück und sagte: »Bitt schön rasieren auch gleich!«

Der Schwager erkannte, dass er verloren hatte. Blitzschnell raffte er seinen Mantel auf, murmelte etwas von »noch schnell was erledigen« und stürzte davon.

Als er nach einer Stunde wiederkam, war keine Menschenseele im Salon. Freudig bewegt, nahm der Schwager auf dem Stuhl des Meisters Platz.

Nach einer Weile nahte aus dem Hintergrund der Lehrling. »Wia schneid ma s' denn?«, fragte er.

»Wo ist der Meister?«, entgegnete der Schwager barsch.

»Er hat auf eine Beerdigung müssen.«

»Und der Geselle?«

»Der ist auch mitgegangen.«

Jetzt saß der Schwager in der Falle. Da er ahnte, dass seine eigene Autorität nicht ausreichen würde, sagte er: »Meine Frau wünscht, dass die Haare möglichst lang bleiben, also bitte nur hinten ein bissl ausputzen!«

Darauf schüttelte der Lehrling den Kopf und meinte: »Naa, de Weiber!« Dann fragte er, als ob da ein gewisser Zusammenhang bestünde: »San S' gwiss net aus dem Viertl?«

»Doch«, sagte der Schwager.

Er: »Arbeiten S' gwiss bei der Post?«

Der Schwager: »Naa!«

Er: »Bei der Bahn?«

Der Schwager: »Aa naa!«

»Ein bissl was müss ma aber schon wegnehmen von der Läng«, meinte er, um fortzufahren: »Is Eahna der Jancker liaber oder der Scholl?«

Der Schwager: »Wenn schon, dann der Kahn.«

Er: »San S' gwiss aa schon amal im Häusl gstandn?«

Der Schwager: »Gwiss, aber oft bin ich auch schon drin gsessn!«

»Aber bei de Ohrn müss ma fei scho aa was wegnehmen«, sagte er ungerührt.

»Aber bitte ganz vorsichtig«, forderte der Schwager.

Ohne darauf zu achten, machte er einen gewaltigen Schnitt, dem, um den Ausgleich wieder herzustellen, wohl oder übel weitere Schnitte folgen mussten.

Schon ballten sich des Schwagers Federn am Boden zuhauf. Dann wandte sich der Unhold mit breitem Grinsen dem Hinterkopf zu, der der Kontrolle des Schwagers entzogen war. Wild mit der Schere klappernd, arbeitete er sich genüsslich vom Nacken hinauf bis zu den Wirbeln, und der Schwager fühlte es kalt und kälter hinter den Ohren werden.

Endlich stellte er sein Wüten ein, um dem Schwager den Handspiegel hinzuhalten. »Is's recht so?«, fragte er.

Der Schwager wendet sich hiermit an die Weltöffentlichkeit: Wäre es recht gewesen, einem so jungen, hübschen und gesprächigen Menschen, der noch in der Ausbildung steht und dessen Beruf das Schneiden und nicht das Erhalten der Haare ist, wäre es also recht gewesen, ihm mit einem kalten »Nein« zu antworten, und wenn ja, was hätte es genützt?

Der Schwager sagte jedenfalls »Sehr schön«, auch wenn er hätte weinen können, gab ein anständiges

Trinkgeld und dachte dann noch lange über die schönen Worte nach, die ihm der hoffnungsvolle Jüngling mit auf den Nachhauseweg gegeben hatte: »Jetzt siehgt ma wenigstens, dass S' beim Friseur warn. Da kann endlich Eahna Haarboden wieder amal schön ausdünsten. Wern S' sehng, mit dem Schnitt legen S' überall a Ehr ein!«

Sechs gute Freunde verloren

Kurz hintereinander habe ich sechs gute Freunde verloren, und das bloß, weil sie es zu gut mit mir meinten.

Da wäre gleich einmal Erwin, der Drachenflieger. Seit Monaten löcherte er mich, ich müsse unbedingt einmal mitkommen aufs Sudelfeld und dann hinabsegeln, weil es nichts Schöneres auf der Welt gäbe, Hochzeitsnächte eingeschlossen. Das Ganze sei kinderleicht, und die paar Handgriffe werde er mir schnell beibringen.

Da ich nicht die geringste Lust hatte, als zappelnde Witzblattfigur auf einem Telefonmast zu landen oder von einem tückischen Aufwind an das Wendelsteinkircherl geschmettert zu werden, raffte ich meinen ganzen Mut zusammen und sagte endgültig »Nein«. Seitdem werde ich von Erwin nicht mehr gegrüßt.

Dann Harry, der Wasserski-Enthusiast. Bis hinter Passau wollte der mich verschleppen, an die Donau, wo schon der Nibelungen Unglück begonnen hat. Ich bekäme einen Gummianzug von ihm, bräuchte mich dann bloß auf die Ski stellen, auf den Steg setzen und den Bügel in die Hand nehmen, alles andere besorge er mit seinem Motorboot. Auch er sprach von einem unvergleichlichen Vergnügen, und er wolle nur mein Bestes.

Der Bruch mit Harry war unvermeidlich, nachdem ich geträumt hatte, dass ich auf Wasserskiern direkt in das Schaufelrad eines Vergnügungsdampfers hineingerast bin.

Auch Ex-Freund Pauli ist von der nassen Fakultät. Er taucht. Ich sollte mit ihm, bevor es in die jugoslawischen Gewässer gehe, zuerst einmal die Tiefen des Walchensees erkunden. Denn Tauchen sei das Allerschönste auf der Welt, und er, Pauli, ließe dafür sogar drei bis vier Flitterwochen hinten.

Ich, der ich schon ohne Tauchen Ohrensausen hab, war da ganz anderer Ansicht. Meines Wissens hat in den Flitterwochen noch nie jemand einen Tiefenrausch bekommen, geschweige denn, dass es ihm das Lüngerl zerrissen hätte. Als ich das Pauli sagte, zog sich der tief beleidigt zurück.

Der vierte heißt Rudi und ist begeisterter Alpinist. Ich sollte mit ihm durch die Watzmann-Ostwand steigen, worauf ich in neue geistige Dimensionen vorstoßen würde.

»Und der Steinschlag?«, fragte ich.

»Dafür hast du deinen Helm«, sagte Rudi.

»Seitdem ich einmal einen Stahlhelm getragen hab, verabscheue ich jede Art von Helmen«, meinte ich.

Darauf stank Rudi auf Nimmerwiedersehen ab.

Der fünfte, ein fanatischer Radrennfahrer Altersklasse II mit Namen Albrecht, hatte eine totale Meise. Er verlangte von mir nichts Geringeres, als mit ihm auf das Stilfserjoch zu radeln und dort, auf über 2 700 Metern Höhe, am Denkmal des größten Radrennfahrers aller Zeiten, Fausto Coppi, einen Kranz niederzulegen. Diesen Kranz aber sollten wir uns beim Hinauffahren abwechselnd umhängen.

Bitterer Lorbeer! Ich lehnte dankend ab. Seitdem ist Albrecht sauer und erzählt überall herum, was für ein müder Heini ich sei.

Da wäre ja das Angebot von Gustl, als Sozius mit ihm auf seiner schweren Maschine an einem Wochenende nonstop den italienischen Stiefel bis zum Absatz hinunterzubrausen und sofort wieder zurück, noch humaner gewesen.

»Hast du denn deine Braut nicht mehr?«, fragte ich ihn.

»Stell dir vor«, sagte Gustl, »diese Ziege konnte das bisschen Motorradfahren nicht vertragen! Die liegt jetzt mit einer schweren Neurose im Nervenkrankenhaus.«

»Weißt du was«, meinte ich, »fahr du lieber allein. Ich besuch dafür Erna in der Klinik.«

Seitdem hat der Gustl kein Wort mehr mit mir gewechselt und mir auch keine Ansichtskarte aus Palermo geschickt, wo er zur Zeit mit einem doppelten Schlüsselbeinbruch darniederliegt.

So verliere ich einen wertvollen Menschen nach dem anderen, und das bloß, weil ich das Schönste, das es für sie auf der Welt gibt, aus reinem Selbsterhaltungstrieb nicht mit ihnen teilen will!

Ein Brautkleid für Tante Agnes

Eine Tante des Schwagers ist stark kurzsichtig. Und ausgerechnet sie musste sich in den Trubel des SSV, des Sommerschlussverkaufs, stürzen!

Gegen zwölf Uhr mittags kam bereits ein Anruf aus dem Polizeipräsidium. Ob der Schwager mit einer gewissen Agnes Semmelweiß in einer Bluts- oder sonstigen Verwandtschaft stehe.

»Ja, warum?«

»Weil sie im Kaufhaus ein weißes Brautkleid gestohlen hat!«

»Unmöglich!«, rief der Schwager. »Ich komme!«

Als er im Präsidium eintraf, bemerkte er sofort, dass es von Hunderten von Beamten bewacht war. Im Hineinstürmen hörte er, wie ein Uniformierter zu einem zweiten sagte: »So einen guten Fang machen wir nicht alle Tage!«

Nachdem sich der Schwager beim Präsidenten ausgewiesen hatte, führte man seine liebe, gute, alte Tante Agnes im Schmucke schwerer, eiserner Ketten und Handschellen herein.

»Buale, i bitt di gar schee, hilf mir, ich bin unschuldig!«, rief sie weinend und rang, soweit das die Fesseln zuließen, die Hände.

»Die raffinierteste Trickdiebin, die wir seit hundert Jahren gefasst haben«, meinte ein Beamter. »Natürlich leugnet sie, aber das ist bei uns an der Tages- und Nachtordnung.«

»Gestatten Sie, dass ich meine Tante verhöre?«, fragte der Schwager.

»Wenn Sie sich davon was versprechen, bitte«, meinte der Präsident.

»Als Erstes, Tante Agnes, möchte ich dich fragen: Wo ist deine Brille?«

Die Tante rasselte erbarmungswürdig mit den Ketten. »Das ist ja das Unglück«, jammerte sie. »Als ich bei dem furchtbaren Gedränge am Wühltisch mit den stark herabgesetzten Büstenhaltern wühlte, fuhr mir plötzlich ein fremder Arm übers Gesicht, und weg war sie, die Brille. ›Meine Brille, hat denn niemand meine Brille gsehn?‹, hab ich gerufen. Und da hat von hinten jemand geschrien: ›Grad ist eine zerdätschte Brille die Rolltreppe naufgfahren!‹

»O mei, Buale«, fuhr die Tante fort, »du weißt doch, dass ich ohne Glasl wie blind bin. Aber damit ich nicht ganz umsonst in die Stadt gfahrn bin, hab ich mir halt einen Unterrock um 59 Mark 99 geschnappt …«

»Ein wertvolles Brautkleid um 1599 Mark 90!«, warf der Präsident dazwischen.

»… und hab ihn in der Umkleidekabine probiert. Er hat aber nicht gepasst und ein zweiter Unterrock auch nicht. Und darauf hab ich wieder meinen eigenen angezogen.«

»Eben nicht«, sagte der Präsident. »Sie hat das Brautkleid untergezogen, ihren alten Fetzen hängen lassen und ist durch den Notausgang in Richtung Karlstor geflüchtet.«

»Stimmt das, Tante Agnes?«

»Natürlich nicht«, sagte sie entrüstet. »Wer ist denn das überhaupt, der da noch im Zimmer ist?«

»Das ist der Polizeipräsident. Kannst du erkennen, wie er aussieht?«

»Natürlich«, sagte die Tante. »Er ist ein schöner Mann, hat schulterlanges Haar, einen Schnauzbart und ein sehr zierliches Unterkinn.«

»Sehen Sie denn nicht, Herr Polizeipräsident, dass die Frau völlig unschuldig ist?«

Der Präsident wiegte zweifelnd sein Haupt. »Die Personenbeschreibung, die sie von mir gegeben hat, stimmt mich tatsächlich etwas nachdenklich«, sagte er, »und drum will ich noch einmal Gnade vor Recht ergehen lassen!«

Er zog einen Schlüsselbund aus der Tasche, öffnete Ketten und Handschellen und wies auf die Stelle, wo der Zimmermann das Loch gemacht hat. »Hinaus!«, rief er. »Und kommen Sie mir nie mehr unter die Augen!«

Schweigend ging der Schwager auf der Straße neben seiner Tante her. Plötzlich blieb sie stehen und sagte: »Buale, das war eine gute Idee, dass du mich nach der Brille gfragt hast. Das war sozusagen die Rettung.«

»Aber hast du denn die Brille nicht wirklich verloren?«

»Natürlich nicht!«, sagte die Tante. »Ich hab doch seit vierzehn Tagen Haftschalen!«

Der Schwager war entsetzt. »Dann hast du also das Brautkleid sehenden Auges gestohlen? Aber sag doch bloß, warum!«

Jetzt fing die Tante zu weinen an. »Weil alle ein Brautbild haben, bloß ich nicht!«, schluchzte sie. »Drei feste Herrn hab ich gehabt, und jeder ist mir im letzten

Moment wieder abgesprungen. Drum wollt ich mich jetzt zusammen mit meinem Zimmerherrn in dem Kleid fotografieren lassen – und danach hätt ich's wieder unauffällig zurückgehängt.«

»Tante Agnes«, sagte der Schwager, »an dir hätt bestimmt der Sigmund Freud a Freud ghabt, aber mich stimmt dein Bekenntnis eher traurig.«

Doch ganz im Innersten fühlte er so etwas wie Hochachtung aufkommen, wenn er daran dachte, wie geschickt sie vor dem Präsidenten die Blinde gespielt hatte.

›Wie leicht hätte sie‹, dachte er so bei sich, ›wenn die Mittel da gewesen wären, eine begnadete Schauspielerin werden können, anstatt mit ihren einundachtzig Jahren immer noch in der Gegend herumzubräuteln!‹

Und er sagte zu ihr: »Weißt was, Tante Agnes, jetzt schauen wir, ob wir nicht im Schlussverkauf wenigstens einen heruntergesetzten Brautschleier bekommen. Dann komm ich morgen mit meinem Fotoapparat zu dir und knips dich. Mach ma halt bloß ein Brustbild!«

Ja, der Schwager ist nicht umsonst der Lieblingsneffe von Tante Agnes – und von frühesten Kindesbeinen an ihr Buale.

Ein Dackel wollte Hochzeit machen ...

Eine bessere Dame, die er bisher nur vom Sehen gekannt hatte, war vor ungefähr zehn Wochen mit einem eindeutigen Angebot an den Schwager herangetreten. Sie hatte ihn frischweg auf der Straße angesprochen und gefragt, ob sie sich nicht zusammentun sollten. Da sie dabei aber nicht ihn, sondern ihre Dackeline und seinen Dackel mit liebevollem Blick umfing, musste der Schwager erkennen, dass ihr Begehren seinem Wauwau galt.

Als hätten sie verstanden, um was es ging, beschwanzelten sich Bürschi und Mädi, so die Namen der zwei Schwerenöter, freudig erregt.

»Sehen Sie, sie beginnen sich bereits zu lieben!«, rief die Dame entzückt. »Das werden prächtige Kinderchen werden!«

»Aber warum wollen Sie sich bloß ein solches Kreuz auftun?«, fragte der Schwager.

Die Dame sah ihn ernst an. »Es ist ein psychologisches Problem«, sagte sie. »Meine Mädi ist jetzt sechs Jahre, das entspricht einem menschlichen Alter von zweiundvierzig Jahren. Wenn sie nicht bald Junge bekommt, ist sie in höchster Gefahr, frustriert zu werden oder gar die Midlife-Crisis zu bekommen. Glauben Sie mir«, seufzte sie, »ich kenn diesen Zustand nur zu gut!«

»Mein Dackel steht Ihnen jederzeit zu Verfügung«, versicherte der Schwager. »Wann soll denn das große Ereignis stattfinden?«

»Spätestens in sechs Wochen wird sie wieder läufig. Dann melde ich mich bei Ihnen. Sie müssen mir dann den süßen kleinen Kerl für ein paar Tage leihen.«

Im Weitergehen freute sich der Schwager über all das Schöne, das seinen Dackel erwartete. Auch die Schwägerin hörte die frohe Kunde mit Genugtuung. Gerade dass sie dem Bräutigam keinen Zylinder und keine weißen Glacéhandschuhe kaufte! Sonst alles. Sie entfernte über ein Pfund Reisig aus seinem Fell, entflechtete seinen verzottelten Pelz und badete ihn jeden zweiten Tag mit Hundeshampoo.

Dem Schwager waren in der Zwischenzeit freilich schwere Bedenken gekommen. Wie, wenn sich sein Hundling als Versager herausstellen sollte? Würde es dann nicht in Umkehrung eines alten Sprichwortes heißen: Wie das Gscher, so der Herr? Ihm war nämlich eingefallen, dass sich Bürschi bisher aus läufigen Hündinnen wenig gemacht hatte. Während alle anderen Rüden im Umkreis von zehn Kilometern verrückt spielten, trottete er achtlos an den jeweiligen Damen vorüber und verliebte sich stattdessen in einen Hydranten.

Deshalb platzierte er sein Dummerl vor die Röhre, als im Fernsehen die Hirschbrunft gezeigt wurde. Der einfältige Bursche wendete jedoch im entscheidenden Augenblick dem Fernseher angewidert den Rücken.

Die Schwägerin machte dem Schwager indes wieder Mut. »Du wirst sehen, die Natur wird siegen!«, sagte sie und klopfte zwei Eier in ein halbes Pfund Tatar. Natürlich nicht für den Schwager, sondern für den Hochzeiter, zur Anregung.

Es vergingen fünf Wochen, es vergingen sechs Wochen, sieben, acht. Die Dame meldete sich nicht.

Vorgestern nun traf sie der Schwager endlich beim gewohnten Gassigang. Als sie ihn sah, strebte sie schnell auf die andere Straßenseite. Doch der Schwager folgte ihr auf dem Fuß.

»Was ist jetzt?«, fragte er. »Wir haben schließlich ein Recht, es zu erfahren!«

»Ich an Ihrer Stelle würde ganz still sein!«, sagte sie. »Ich habe Erkundigungen über Ihren Hund eingezogen. Er hat den Briefträger gebissen, den Kaminkehrer und die Zeitungsfrau. Und mit einem Collie soll er auch schon etwas gehabt haben.«

»Was hat denn das damit zu tun?«

»Sehr viel!«, sagte sie. »Wir weigern uns nämlich, Rabauken aufzuziehen. Sie und Ihr Hund hätten das Vergnügen, und wir hätten danach die ganze Arbeit.«

»Wieso auch ich?«

»Es ist immer dasselbe«, ereiferte sie sich, »danach drücken sich alle vor der Verantwortung! Oder wollen Sie die Jungen aufziehen?«

»Bin ich ein Dackel?«, fragte der Schwager ärgerlich.

Das schlechte Beispiel, das sie gaben, hatte inzwischen auf die Hunde übergegriffen. Sie kläfften sich wütend an, und Mädi biss Bürschi ins Ohrwaschel, dass er aufjaulte.

»Gehen wir!«, sagte der Schwager erbittert und zerrte an der Leine. »Und wenn Sie sich's anders überlegen sollten, jetzt mögen *wir* nicht mehr!«

Ohne sich weiter um seine Braut zu kümmern, strebte Bürschi einem Hydranten zu, beschnupperte ihn liebevoll und gab ihm ein Bussi. Der Schwager aber sagte zu ihm: »San ma froh, dass wir nicht in intime Beziehungen zu dieser Krampfhenna getreten sind!«

Nicht den Vogel schlachten

Wir sollen: ihre Blumen gießen, ihren komischen Vogel betreuen, die Zeitung aus dem Kasten holen, ihre Post neben ihrem Telefon aufschichten, die Gemüsebeete im Garten spritzen, den Rasen mähen und das Schnittgut unter die Hecke streuen, die Wohnung fallweise lüften und die Jalousien ja nicht herunterlassen, damit potenzielle Einbrecher nicht auf den Gedanken kommen, das Haus sei unbewohnt.

Wir dürfen dafür: mit dem Wellensittich plaudern, die Zeitung, obwohl sie die gleiche ist wie die unsere, lesen und entsorgen und pro Urlaubswoche aus ihrem Garten sieben Tomaten und drei Zucchini ernten und für uns verbrauchen.

Wir sollen nicht (das wurde uns zwar nicht eigens gesagt, sprach aber aus ihren besorgten Mienen, als sie uns den Hausschlüssel übergaben): in ihren Betten schlafen, ihre Toilette und ihr Bad benützen, ihre Post lesen, den Schreibtisch aufbrechen und nach Geheimmaterial und Bargeld durchwühlen, ihre Schuhe, Anzüge und Kleider anziehen und weder ihren Kühlschrank noch ihre Kühltruhe ausräumen.

Was sie uns wohl nicht zutrauen: den Vogel schlachten und als Sonntagsbraten verzehren oder in ihren Räumlichkeiten eine Party für fünfzig Gäste veranstalten, um die eigene Wohnung zu schonen.

Inzwischen ist eine Woche vergangen, und die zweite werden wir wohl auch noch mit Anstand hinter uns bringen.

Den Wellensittich haben wir zu uns herübergeholt, damit er nicht seelisch verkümmert. Er darf den ganzen Tag Radio hören und abends fernsehen. Leider spricht er kaum mit uns, obwohl wir oft vor seinem Käfig stehen und »Hansi lieb« hineinflöten. Manchmal krächzt er ungehalten vor sich hin. Die Schwägerin glaubt deshalb, dass unsere Nachbarn öfters Abträgliches über uns äußern.

Der Versuchung, ihre Toilette zu benützen, haben wir bisher widerstanden. Gerade in dieser Hinsicht möchte man sein gewohntes Flair nicht missen.

Beim Blumengießen drüben hat der Schwägerin übrigens das blau getüpfelte Ensemble im Kleiderschrank der Nachbarin sehr gut gefallen. Aber sie hat es doch nicht zum Klassentreffen am Donnerstag übergestreift.

»Stell dir vor«, hat sie gesagt, »eine dieser alten Hexen schüttet mir Kakao oder Campari Soda drüber, nein, da zieh ich schon lieber den Ausverkaufs-Schrott an, den du mir zu Weihnachten geschenkt hast!«

Die zugesagten Tomaten und Zucchini haben wir inzwischen geerntet. Wir haben natürlich die größten genommen, was sie im umgekehrten Fall auch immer tun. Tatsache ist, dass Früchte aus Nachbars Garten wirklich saftiger, aromatischer, besser schmecken. Das hatte der Schwager schon im Juli bei den Himbeeren festgestellt, die er nach Einbruch der Dunkelheit von zaunnahen Ranken hatte erbeuten können.

So wäscht eben bei uns eine Hand die andere. Jeder kann problemlos in Urlaub fahren, wenn's nicht über drei Wochen hinausgeht. Dann werden wir allerdings ungemütlich.

Aber sonst sind wir ein Herz und eine Seele und praktizieren, von was andere immer nur plappern: Nachbarschaftshilfe in Vollendung.

Ein Fünfer kommt selten allein

Aus heiterem Himmel bringt der Spross von Maxl und Muschi einen Fünfer daher. Noch dazu in Mathematik. Der Maxl ist sich sofort im Klaren, woher der Bursche diese Schandnote hat: von ihr, der Muschi.

Er macht aus seiner Meinung auch keinen Hehl.

Darauf spielt sie, die Muschi, auf entrüstet und beleidigt. »Ich hab im Rechnen immer gute Noten gehabt!«, verteidigt sie sich. »Das Schlechteste war ein Zweier, merk dir das!«

Für den Maxl sind das leere Ausflüchte. »Erstens«, sagt er, »hat *er* da den Fünfer hauptsächlich für sein Versagen in der Geometrie bekommen, *du* aber hast überhaupt keine Geometrie in der Schule gehabt. *Ich* aber schon. Und mit nachweisbar gutem Erfolg. Daraus folgt zweitens, dass *du*, wenn *du* Geometrie gehabt hättest, sauschlecht darin gewesen wärst, weil eben der Apfel nicht weit vom Stamm fällt.«

Diese messerscharfe Logik, aufgebaut auf den Mendel'schen Vererbungsgesetzen, kann natürlich eine Frau, und also auch die Muschi, nie und nimmer begreifen. Eher schon der Sohn. Mit wachem Verstand hat er erkannt, dass der Schwarze Peter unverhofft von ihm genommen ist und dass es jetzt gilt, ihn ja nicht wieder zu bekommen.

»Von Geometrie verstehst du wirklich nichts, Mama!«, sagt er. »Oder kannst du mir vielleicht sagen, ob sich zwei Parallelen irgendwann treffen?«

Die Muschi denkt scharf nach. Dann meint sie: »Wenn sie sich wirklich treffen möchten, dann treffen sie sich auch. Wenn sie es aber vermeiden wollen, dann nicht.«

Über diese Antwort sind Maxl und Sohn so verblüfft, dass sie zunächst einmal dreinschauen wie Geißböcke, wenn's blitzt. Endlich rafft sich der Sprössling zu einem »Falsch!« auf und fragt weiter: »Und was ist ein Zylinder?«

Die Muschi: »Für mich auf jeden Fall ein alter Hut.«

Der Maxl kann ihr für diese pfiffige Antwort einen gewissen Respekt nicht versagen.

Doch schon forscht der Sohn höhnisch weiter: »Und was ist eine Hypotenuse?«

Jetzt wird es der Muschi zu dumm: »Was fällt euch eigentlich ein, mich hier auszufragen wie eine Verbrecherin vor Gericht! Hab vielleicht *ich* einen Fünfer heimgebracht oder *er*?«

Der Maxl: »*Er* hat heimgebracht, aber er hat bloß heimbringen können, weil *du* auch heimgebracht hättest, wenn du in der Lage gewesen wärst, heimbringen zu müssen.«

»Ach, rutsch mir doch den Buckel runter!« Jetzt ist die Muschi richtig sauer, wirft mit den Türen und entschwindet in höhere Regionen. Man hört sie auf dem Speicher rumoren.

Nach einer Viertelstunde steigt sie wie eine Rachegöttin wieder herab. Ihr Haar ist aufgelöst, ihre Augen blitzen in stillem Triumph. In der Hand schwenkt sie wild ein weißes Blatt Papier.

Dem Maxl schwant nichts Gutes. »Was hast du da?«, fragt er und greift hastig danach.

Doch sie birgt das Schriftstück schnell hinter ihrem Rücken. »Drei Schritte vom Leib!«, befiehlt sie.

Jetzt hat, daran gibt es keinen Zweifel, die Muschi das Sagen. Maxl und Sohn nehmen in respektvoller Entfernung Aufstellung. Genüsslich faltet sie das Papier auseinander und liest betont langsam: »Ludwigs-Realschule an der Damenstiftstraße, Klasse 3 b, Zwischenzeugnis. Schlussbemerkung: Das Vorrücken des sehr geschwätzigen Schülers ist durch schlechte Leistungen in mehreren Fächern gefährdet. Besonders in Geometrie bedürfte es konsequenter Nachhilfe!«

Der Maxl steht wie vernichtet da. Dann versucht er einen letzten, verzweifelten Trick. »Lies bitte auch meine Note in Mathematik vor!«, bittet er.

Die Muschi: »Vier!«

»Was hast du?«, meint er. »Ein Vierer. Wie froh könnten wir sein, wenn *er* da auch einen Vierer hätte!«

Doch so schnell führt man die Muschi nicht hinters Licht. »Damals war die schlechteste Note ›Fünf‹, das solltest du eigentlich noch wissen«, sagt sie. »Also war *dein* Vierer genauso miserabel, wie es *sein* Fünfer heute ist.«

Erstaunt und etwas mitleidig schaut der junge Apfel zu seinem Stamm empor. Er steht unmittelbar neben ihm, ist also so weit nicht gefallen. Dann trollt er sich in sein Zimmer, wo man ihn schallend lachen hört.

Da rafft sich der Maxl endlich auf und sagt vorwurfsvoll: »So wird aus billiger, weiblicher Rachsucht die Autorität eines treu sorgenden Vaters untergraben!«

Worauf die Muschi ungerührt antwortet: »Wie man in den Wald hineinruft, so fünferlt's heraus!«

Hilfe, Handwerker!

Der Maxl besitzt eine Badewanne, die vermutlich die Muschi verstopft hatte. Also telefonierte er mit dem Installateur; denn mit einem Schreiner, Schuster oder Bäcker hätte es noch weniger Zweck gehabt.

An der Gegenmuschel war die Frau Meisterin. Sie zischte: »Ja, was fällt Ihnen denn ein, uns mit einer solchen Lappalie zu belästigen? Mir ham zur Zeit sieben Neubau, wissen S', was das bedeutet?«

»Bitte, nein!«

»Dann sag ich's Ihnen: dass wir das nächste halbe Jahr keine solchen Lappalien repariern können!«

»Aber«, warf der Maxl schüchtern ein, »ich bin es gewohnt, alle Monate einmal zu baden, und am nächsten Freitag träfe es wieder.«

Ein schallendes Gelächter kam aus dem Hörer: »Gehen S' doch ins Dantebad, des ist täglich durchgehend von morgens bis abends geöffnet!«

In seiner Notlage versuchte es der Maxl mit Schmeichelei.

»Übrigens«, sagte er, »hab ich Sie auf dem Innungsball der Installateure kennen lernen dürfen. Sie bekamen bei der Maskenprämierung den ersten Preis als hübscheste Rohrzange des Abends. Und am Sonntag vor vierzehn Tagen bin ich von Ihrem Alfa Romeo rasant auf der Tegernseer Landstraße überholt worden. Ich war der angerostete gelbe VW kurz vor dem Gmunder Berg.«

»So? Wissen S' was«, sagte sie, »ich schick Ihnen übermorgen den Lehrbuben vorbei.«

Immerhin etwas. Nachdem der Maxl noch sechs Mal telefoniert hatte, kam nach genau vier Wochen ein Bürscherl von fünfzehn Jahren, um sich den Schaden zu besehen. Werkzeug hatte er keins bei sich, nur einen Kopf voll langer Haare, wie sie zum Verstopfen von Ausgüssen so brauchbar sind.

»Ja«, sagte er, nachdem er die Wanne randvoll hatte einlaufen lassen, jedoch nicht der geringste Abfluss erfolgt war, »die Wanne ist ja total verstopft! Was ham S' denn da wieder angestellt, ha? Solchene Leut sollt man überhaupt keine Wanne installiern!« Und drohend fügte er hinzu: »Da müss ma ja zu zweit kommen. Einer allein richt da nix aus!«

Der Maxl war ganz verdattert. »Wie bring ich jetzt das Wasser wieder aus der Wanne?«, fragte er.

»Damisch auch noch!«, meinte der muntere Knabe. »Da nehmen S' an Kübel, und schüttn S' es kleinweis in den Brunnen rein – oder in d' Abortschüssel. Habe die Ehre!« Und damit ging er.

Es dauerte wieder vier Wochen, dann kamen zwei Gesellen. Sie schleppten eine große Kiste Werkzeug mit sich, die sie zur Freude der Muschi sofort auf den schön polierten Mahagonitisch plumpsen ließen.

»Was ham S' für a Bier?«, fragten sie.

»Helles und Märzen«, sagte der Maxl. »Im Fall des Falls auch Rheinwein.«

»Mögn ma net«, sagten sie. »Bloß Weißbier. Die da« – sie deuteten auf Muschi – »soll a Tragl holen und dazu an schwarzn Presssack, Brezn und römische Weckerl. Und wenn wir Brotzeit gmacht ham, dann zeign S' uns de Wanna!«

»Gestatten Sie«, fragte der Maxl, »dass ich meine Frau begleite? Allein wird sie nicht alles tragen können.«

»Von mir aus«, sagte der eine – und zum anderen gewandt: »Wir können derweil watten.« Und er zog ein Kartenspiel aus der Tasche und fing zu mischen an.

»Wenn das nur gut ausgeht«, sagte die Muschi zum Maxl im Supermarkt, aber er beruhigte sie: »Es sind doch ganz ordentliche Burschen, oder hast du vielleicht bemerkt, dass sie auf den Teppich gespuckt hätten?«

Es schmeckte ihnen ausgezeichnet. Und was ihnen der Maxl besonders hoch anrechnete: Sie vergaßen nicht, auch ihnen eine Kleinigkeit anzubieten.

»Wo ist denn jetzt d' Wanna?«, fragten sie nach der dritten Halben.

»Gestern war s' noch im Bad«, scherzte Maxl.

»Und heut?«, fragte der eine gespannt.

»Heut wird sie wahrscheinlich auch noch drin sein.«

»Hast des gehört, Karä?«, sagte darauf der andere. »Der woaß net amal, wo sei Glump steht. Aber uns acht Wochen lang schikanieren! Mo, i gib Eahna an guatn Rat: Jetzt denken S' amal die nächsten vier Wochen scharf nach, wo Eahna Wanna is, dann schaun ma vielleicht vier Wochen drauf no moi vorbei. Aber dass a Weißbier im Haus is, verstanden!«

Und während der eine die Werkzeugkiste aufraffte, schnappte sich der andere das noch halb volle Biertragl, und fort waren sie.

Eine Woche darauf kam eine Rechnung mit folgenden Posten: fünf Meisterstunden, Arbeitsbesprechungen in der Werkstatt, Anfahrten, Schadensprüfung, Materialbereitstellung, Arbeitsausfall an der Großbaustelle und Mehrwertsteuer, insgesamt 524,31 Mark.

Da der Schaden inzwischen behoben war, zahlten Maxl und Muschi freudigen Herzens. Ein Professor, Lehrstuhlinhaber für Chemie an der Münchner Universität, war ihnen von Bekannten als reparierender Alleskönner empfohlen worden. Und wirklich: Nachdem der namhafte Gelehrte eine Flasche Salzsäure in den Abfluss gegossen hatte, gluckste es drei Mal mörderisch, und dann lief die Chose wieder.

Er verlangte zwanzig Mark, zuzüglich neun Mark für die Salzsäure und die Straßenbahnfahrt, und bedankte sich überschwänglich für den Stumpen, den ihm Muschi noch aufdrängte.

»Empfehlen Sie mich bitte weiter«, sagte er, als er ging.

Was der Maxl hiermit gerne tut.

Auf eigenem Mist gewachsen

Als Kind hab ich mit wahrer Leidenschaft mit Baaz gespielt. Seit ich in die Jahre gekommen bin, gilt meine ganze Begeisterung dem Mist. So habe ich mich von den Neigungen meiner Jugend kaum entfernt. Das nennt man, gepflegt ausgedrückt, Kontinuität.

Es gibt Menschen, die können komponieren und nennen sich daher Komponist oder Compositeur. Ich bin etwas Besseres. Ich kompostiere und bin daher ein Komposteur. Aber warum bin ich deswegen etwas Besseres? Nun, was ist, so frage ich, höher zu bewerten: ein Compositeur, der aus Tönen neue Melodien schafft (die einem allerdings dann immer wieder bekannt vorkommen), oder ein Komposteur, der Abfälle teilweise gemeinster Art in allerfeinsten, dunkel schimmernden, krümeligen Humus verwandelt und dadurch den Nährboden für eine neue, wunderbare Sinfonie des Lebens und der Fruchtbarkeit bereitet?

Wie andere Leute diverse Konten, Häuser, Automobile oder Jachten haben, so nenne ich mehrere Kompostkästen mein Eigen, an die ich ungern andere Leute, selbst wenn es Familienmitglieder sind, heranlasse. Wie ein Maestro dirigiere ich meine Türme, überwache Werden und Vergehen, bin auf Schatten und Feuchtigkeit bedacht und sorge mich um das Wohl meiner Angestellten, nämlich Tausender Regenwürmer und Milliarden von Kleinstlebewesen. Persönlich zerkleinere ich die Küchenabfälle in handliche Portionen, mache mit der Gartenschere holzige Stängel mundgerecht, gebe ihnen zur Abwechslung Sägemehl und Holzasche zu kosten oder einen Sack voll Laub. Und manchmal bereite ich ihnen ein besonderes Fest und verabreiche ihnen ein paar Kübel Mist. Worauf ein Jauchzen durch die Kästen geht, gefolgt von einem genüsslichen Schmatzen.

Der Ehrlichkeit halber muss ich gestehen, dass ich diesen Mist nicht selbst fabriziere (obwohl mir das von einigen Leuten durchaus zugetraut wird), sondern von Vieh züchtenden Bekannten erhalte. Zur Zeit komme ich an Ziegenmist, an Kuhmist und an Pferdemist heran.

Bei den Pferdehaltern gebe ich mich als großer Pferdefreund aus (obwohl ich in Wirklichkeit nur an ihren Äpfeln interessiert bin), beim Ziegenzüchter lasse ich nichts, außer den Bock, auf seine Geißen kommen, und dem Hanslbauern seine Kühe lobe ich derartig hoch, dass er ganz glänzende Augen davon bekommt. Und jedem erkläre ich, dass sein Mist der beste im Umkreis von hundert Kilometern sei.

»Bist schon wieder da?«, heißt es, wenn ich im Schmucke meiner gelben Gummistiefel aufkreuze. Die hinteren Autositze habe ich umgelegt, eine alte Bügeldecke ausgebreitet und mit fünfzehn Kübeln, das ist immer mein Quantum, bestückt. Beim Einschaufeln packt mich unvermittelt der Ruach und ich stampfe den feuchten, mit Stroh durchsetzten Baaz (Kindheitstrauma!) noch extra in die Kübel hinein, dass es nur so quietscht und noch weitere drei, vier Pfünderl Platz finden.

Wegen eines hochkarätigen Mists könnte ich zum Kriminellen werden! Einmal hab ich im Zillertal auf einer Weide herrliche, luftgetrocknete Kuhfladen entdeckt und der Versuchung nicht widerstehen können, sie einzusammeln und im Kofferraum aufzuschichten. Als unvermittelt der Bauer dazukam, erklärte ich ihm, dies sei ein Souvenir an glückliche Urlaubstage in Tirol und ob er mit fünfzig Mark einverstanden sei. Er war's.

Jeder Mist, dessen ich habhaft werde, wandert zuerst durch meine Komposthaufen, einmal, um sich dort mit den Küchenabfällen inklusive Kaffeesatz und Staubsaugertüten innig zu vereinen, zum anderen, um meine Arbeiter-Kolonnen zu immer noch höheren Leistungen anzuspornen. Einer meiner Nachbarn nannte mich einmal respektvoll »le grand Komposteur«.

Dem habe ich nichts hinzuzufügen.

Frühling in der Steinzeit

Ich erinnere mich noch gut an die Steinzeit und an die Freude, die wir damaligen Steinzeitmenschen empfanden, wenn der Frühling ins Land kam. Ich bewohnte in dieser lange zurückliegenden Zeit mit meiner Frau Grunziwack, geborene Knollnase, eine geräumige Dreizimmerhöhle am Isarsteilufer nahe Straßlach. Wir hatten sogar schon fließendes Wasser – an den Wänden. Die ganze Etage hatte lediglich eine tiefe Fleischwunde an der Schulter gekostet, als ich die Vormieter, eine Bärenfamilie, daraus vertrieb.

Nun muss ich Ihnen Grunziwack näher vorstellen. Sie entstammte einer angesehenen Höhlenfamilie aus Untergiesing. Bei einem Wettbewerb im Steinschleudern im heutigen Steinhausen hatte ich sie zum ersten Mal gesehen. Sie war in der Damenklasse Letzte geworden, und ich in der Herrenklasse Einundsiebzigster unter einundsiebzig Teilnehmern. So hatten wir uns kennen und lieben gelernt.

Besonders gut erinnere ich mich noch an den 30. März vor genau 100 000 Jahren. Grunziwack hatte sich aufgemacht, frische Kräuter zu sammeln. Nach der ewigen Tannenzweigsuppe und den eingefrorenen Rüben mit Wurzelkompott sehnten wir uns nach vitaminreicher Frischkost. »Gib aber auf die Wölfe Obacht«, rief ich ihr beim Fortgehen nach, »nicht dass du wieder mit zerrissenem Unterrock nach Hause kommst!«

Denn ich war von Beruf Schneider, besser gesagt, Couturier, und verachtete Flickarbeit.

Heute noch heiße ich Schneider, übe aber diesen Beruf nicht mehr aus. Aus alter Anhänglichkeit spielte ich aber in meiner Jugend sehr gerne »Schneider, Schneider, leih mir dei Scher!«, wie mir auch die anderen Kinder oft in ehrender Absicht »Schneidergoaß« nachriefen.

In der Steinzeit aber war ich noch Berufsschneider und Modeschöpfer dazu. Unter anderem hatte ich die Sackmode erfunden und den Schafari-Look, der die Schaffelle erstmals mit der Wolle nach innen verwendete, worauf der Rheumatismus in der ganzen damals bekannten Welt schlagartig zurückging.

Ich arbeitete in erster Linie für die Isartaler, die Würmtaler und die Ampertaler, aber auch Neandertaler waren unter meiner Kundschaft. Ich mochte sie aber nicht besonders. Sie waren schwere Angeber, behaupteten, die berühmtesten aller Taler zu sein, und stellten immer besondere Ansprüche.

Daneben hatte ich eine dichterische Ader. Natürlich waren seinerzeit die Ausdrucksmöglichkeiten noch nicht so groß wie heute. Reime und Fremdwörter waren unbekannt, Bonmots nicht gewollt, sondern rein zufällig.

Ich entsinne mich gut, dass ich an jenem 30. März vor 100 000 Jahren ein Poem mit einem Meißel in die Wohnzimmerwand schlug, das oft noch das Entzücken meiner Kundschaft hervorrufen sollte. Es lautete: »Wuri-wuri-gallibum, riti-rati-ätschi-bätsch!« In die heutige Sprache übersetzt, heißt das dem Sinn nach: »Nun, grimmiger Winter, da dich der Frühling mit wärmender Sonne ereilt, wirst du gewiss das Nachsehen haben!«

Interessant ist, dass sich das Wort »ätschibätsch« als neckender Zuruf kindlicher Schadenfreude bis auf den heutigen Tag erhalten hat, während fast alles andere Steinzeit-Wortgut mit Beginn der Bronzezeit mehr und mehr von metallischen Wörtern abgelöst wurde.

Wie dem auch sei, mein Gedicht fand solchen Anklang, dass ich in den Tukankreis aufgenommen wurde, der seine Versammlungshöhle damals im Sulzthal hatte.

Dies aber nur nebenbei. Was ich eigentlich erzählen wollte, ist das Folgende: Als meine Frau Grunziwack vom Kräutersammeln heimkam, brachte sie aus der Gegend des heutigen Großdingharting einen Korb herrlicher junger Brennnesseln mit nach Hause, dazu einen Fisch, den sie mit bloßen Händen im Deininger Weiher gefangen hatte. Und während ich weiter an der neuen Kollektion für den Sommer arbeitete, begann sie, uns ein herrliches Mittagessen zu bereiten.

Wunderbar warm schien die Märzsonne auf unsere Terrasse. Wir rollten den Steintisch hinaus und die Steinhocker. Das erste Mal nach den langen Wintermonaten wurde das Mampfi (Essen) wieder im Freien serviert.

Unten rauschte die Isar ihr uraltes Lied. Die Weiden am Ufer trugen ein frisches grünes Blätterkleid, und die Vöglein jubilierten um die Wette. Der Brennnesselsalat war erstklassig, der gegrillte Fisch ein Fest!

Waren die Steinzeitmenschen Roboter? Nein! Nach dem Mahl breiteten wir die Felle aus zum Sonnenbaden. Lange, ehe die Pupplinger Au ihren Namen bekam, kannten wir sie schon, die FKK, die Freikörperkultur.

Angenehm erregt vom Brennnesselsalat sagte ich zu Grunziwack: »Miriku datschi?« (Hast du mein Poem an der Wohnzimmerwand gelesen?), um fortzufahren: »Diriku!« (Es sei dir geweiht).

Da strich sie mit ihrer feinen, grobknochigen Hand über meine fliehende Stirn und meinte zärtlich »Wuziduzikai«, was, in modernes Deutsch übersetzt, dem Sinne nach heißt: »Let's do it!«

Und da der Frühling in und vor anderen Höhlen sicher das Nämliche bewirkte, so ist es dann gekommen, dass wir damals, trotz widriger Umstände, nicht ausgestorben sind, sondern uns über all die verschiedenen Stein-, Eis- und Metallzeiten fortpflanzen konnten bis auf den heutigen Tag.

Wenn Sie sich ein bisschen anstrengen, dann werden Sie sich, liebe Leserin, lieber Leser, vielleicht auch an diesen sagenhaften 30. März vor 100 000 Jahren erinnern können. Oder meinen Sie, dass es eher der 1. April gewesen sein könnte?

Bavaria mit Wiesn-Durchblick

Das hätte sich die Bavaria wohl nicht träumen lassen, dass ihr einmal zur Oktoberfestzeit australische Kampftrinker zu Füßen liegen würden, sturzbesoffen, aber happy – indes führerscheinbange Bajuwaren sich saugrantig mit alkoholfreiem Bier zuprosten.

Leichte Genugtuung empfindet sie über die immer größer werdende Präsenz von Norditalienern. Diese Nachkommen der Langobarden, Goten, Cimbern und Kelten zieht es wie von einem geheimen Magnet angezogen in die Heimat ihrer Urahnen und zu deren Trink-Ritualen zurück: Uno, due, tre – gsuffa!

Die alte Eisengretl mit dem besten Wiesn-Überblick vermisst schon seit Jahrzehnten so legendäre Gestalten wie den Papa Schichtl, diesen Kopf-ab-Spezialisten vom alten Genickschlag, und den Vogel-Jakob mit seinen pfiffigen Sprüchen. Kichernd erinnert sie sich auch noch an den Lohnkutscher Xaver Krenkl, der trotz Verbots die königliche Karosse mit den auftrumpfenden Worten »Wer ko, der ko« überholt hatte. Freilich nicht auf dem Oktoberfest.

Wie viele Massen die Bavaria wohl bräuchte, um so richtig in Wiesn-Stimmung zu kommen? Schätzungsweise zehn Hektoliter. Mit Steckerlfischen ließe sie sich übrigens nicht abspeisen. Zielstrebig würde sie in die weitum bekannte Braterei stapfen und fürs Erste einmal einen halben Ochsen bestellen. Und wenn es ihr einfiele, hernach noch den Lukas zu hauen, so würden die Trümmer dieses Kraftprotz-Stangerls nur so durch die Gegend fliegen!

Der Bavaria ein Lebkuchenherz umzuhängen, wäre wohl vergebliche Liebesmüh. Eine solche Petitesse wirkte an ihrer stattlichen Brust wie ein Semmelbröserl.

Ehrlich gesagt: Manchmal findet die Bavaria den Trubel und die Hektik der letzten Oktoberfeste im erinnerungsseligen Vergleich zur Gemütlichkeit der Anfänge schlicht – Verzeihung! – zum Kotzen. Zum Glück sind ihre inneren Organe dazu nicht fähig. Nicht einmal den Kopf kann sie abwenden, um wenigstens mit einem Blick auf die hinter ihr liegende Schwanthalerhöh etwas Atem zu schöpfen. Die Halswirbel, die man ihr verpasst hat, sind einfach zu steif.

Wenn sie aber wirklich einmal voll ohnmächtigen Zorns ihren Kranz wie ein Lasso herabschleudern möchte, möge sie bitte die Mitglieder ihres bayerischen Fan-Clubs verschonen und auch nicht den Toboggan zum Einsturz bringen, sondern sich lieber wilde Biesler aus Australien zum Ziel nehmen.

Das Wiesn-Gspusi

Ich möchte gern mit dir, mit dir und niemand sonst, auf die Wiesn gehen! Du liegst – wenn es dich zur Zeit überhaupt geben sollte – genau in der Mitte zwischen zünftig und zauberhaft, zwischen zeckerlfett und zaundürr, bist drei Stunden jünger, als du aussiehst, und hast einen Mund nicht bloß zum Eisschlecken.

Deine Schuhe sind aus Hongkong, deine Strümpfe aus Paris und deine Leggins aus Italien. Deine Mutter könnte sehr gut eine desertierte Nonne gewesen sein oder eine entadelte Herzogin. Als Väter kommen in Frage Radrennfahrer, Polizeipräsidenten, Filous, Finanzmagnaten, Drahtseilartisten und Nobelpreisträger.

Acht Jahre hast du die Guldeinschule besucht oder irgendeine andere. Deine Leistungen in Religion und im Turnen waren stets hervorragend. Doch hat kein Bildungsinstitut je vermocht, dir seinen Stempel aufzudrücken. Du hast dich immer selbst gestempelt.

Was treibst du so? Manchmal ziehst du wundervolle Lidstriche, dann wieder sprayst du dir süßen Duft in deine geheimnisumwitterten Achselhöhlen. Gerne liest du im Quelle-Katalog. Deine Finger sind umblätterflink. Besonders gut stehen dir Fähnchen in Aschegrau und Presssackrot. Deine Beine zu beschreiben hieße Keulen nach Athen schwingen. Am Hals trägst du einen Evasapfel. Jeder deiner Füße hat fünf Zehen, wie es sich gehört. Abscheulichen Fußpilz kennst du nur aus den Erzählungen deines Onkels. Manchmal riechst du nach einem Gemisch aus Germanien und Geranien, dann wieder schmeckst du gallisch nach Chanel Nr. 5.

Gerne verwischst du deine Fährte. Jeden deiner Liebhaber hast du bisher wieder abgehängt. Vielleicht sitzen in dieser Stunde ein Kaminkehrer-Geselle, ein Lufthansa-Pilot und ein privater Beerdigungsunternehmer in ihrer Kammer und weinen um dich.

Natürlich wohnst du bei deiner Mutter. Noch jede, mit der ich auf der Wiesn bekannt geworden bin, hat bei ihrem Mütterlein gewohnt. Man bringt sie hendlgefüllt, biertrunken und achterbahnselig an die Haustür, wo sie sich flüchtig an einen lehnen. Im selben Augenblick fährt ein grauer Kopf aus einem Fenster und sagt: »Kommst du endlich?« Und ehe man sich's versieht, ist man verabschiedet und steht allein und verlassen wie ein Woaslbua auf der Straße. Natürlich sieht man sie nie mehr wieder. Trotzdem: Heute Abend werde ich dich wieder suchen, vertraute Unbekannte! Durch alle Bierbuden werde ich mich drängen, in die hintersten Ecken der Boxen spähen. Ich werde in Tausende von Gesichtern sehen, vor den Schaubuden und an den Geisterbahnen, an den Eisstandln und Schießhallen. Auf den Stufen der Bavaria werde ich mich umsehen und unter den Fischsemmel-Verkäuferinnen, an den Normaluhren und in den kleinen Hühnerbratereien. Oder bevorzugst du Renken und sitzt in der Fischer-Vroni?

Ich werde dich sofort erkennen! Glaub nicht, dass du dich im Kettenkarussell fliegend verstecken könntest! Der stumme Gesang deiner Kniekehlen würde dich mir sogleich verraten.

Wenn ich dich aber nach zwei Stunden noch immer nicht gefunden haben sollte, dann werde ich meinen Hendl-Gutschein guten Gewissens allein verzehren!

Trambahnfahren mit Christbaum

Ob früher die Leute auch so ungehobelt und brutal gewesen sind? Bloß weil ich zur abendlichen Stoß- und Drängelzeit mit einer Drei-Meter-Tanne in die Straßenbahn eingestiegen bin – einem friedlichen Christbaum, wohl gemerkt! –, haben sie gleich ein Geschrei hergemacht, mich ausgeschimpft und gar noch an Leib und Leben bedroht. Und das vier Tage vor dem Heiligen Abend!

Bis ich überhaupt hineingekommen bin in den Anhänger! Diese Büffel sind einfach nicht auf die Seite gegangen, so dass ich meine Tanne umdrehen und das dicke Ende wie einen Rammbock einsetzen musste.

Und schon ist das Gezeter losgegangen. Ich erinnere mich an folgende Wortfetzen: Rüpel, Unverschämtheit, d' Strumpfhosn zrissn, nauswerfen, d' Rippn eindätscht, Schadenersatz, die Brille runtergstoßn, 's Dach richtig decken, Dotterkopf.

Leider konnte ich nicht näher darauf eingehen, weil ich vollauf damit beschäftigt war, die Kurve vom Einstieg in die Mitte des Wagens zu gewinnen. Was natürlich bei einem Baum von drei Metern Länge nicht leicht war. Damit es überhaupt gelang, musste ich vorne einer Dame den Hut vom Kopf stoßen, in der Mitte einem Rocker die Lederjacke mit Harz bestreichen (so dass er zu einem Harzer Rocker wurde) und hinten, so sehr es mir Leid tat, einem progressiven Nikolaus mit dem Wipfel meines Tännchens den Bart kämmen, was natürlich nicht ohne ein paar Kratzer abging.

Während dieser Aktion fielen, wenn ich mich recht erinnere, folgende Ausdrücke: Schafwascher, Nasndralla, Waldaff und Kletzensepp, also gedörrter Birnenjosef.

Noch immer konnte ich der widerspenstigen Meute nicht gebührend herausgeben, weil ich, als endlich die Kurve genommen war, meine ganze Kraft und Geschicklichkeit darauf verwenden musste, meinen grünen Begleiter in eine aufrechte Lage zu bringen. Leider scheiterte der Versuch an der unzureichenden Höhe des Wagens. Obwohl ich einer bösartigen älteren Dame, die einfach nicht auf die Seite gehen wollte, den Rock bis zur Hüfte aufschlitzte, zwei Kinder umwarf und mehrere Weihnachtstüten in den Händen ihrer Träger zerfetzte, der Baum ließ sich nicht aufrichten, so dass es mir besser schien, ihn auf den Boden zu legen, was wiederum unter den Füßen der Fahrgäste ein böses Erwachen gab. Vor allem aber hinderte ich dadurch drei Leute am Aussteigen, so dass sie anstatt am Ostbahnhof erst am Ostfriedhof das Freie gewannen.

Ich will diesmal die Schimpfwörter, die deswegen auf mich herabprasselten, zu Gunsten jener Organe unterdrücken, nach denen jetzt immer lauter gerufen wurde. Es waren dies: der Staatsanwalt, der Polizeipräsident, sieben bis acht Wachtmeister, die Funkstreife, der Rächer der Enterbten, der Kontrolleur, der Schaffner, der Bundeskanzler, der Verfassungsschutz und insbesondere der Wagenführer. Besonders kalt aber lief es mir den Buckel hinab, als auch noch mehrmals, und zwar im kategorischen Imperativ, die Wiedereinführung der Todesstrafe verlangt wurde.

Ehrlich gesagt, ich fürchtete um mein Leben. Praktisch gab es nur noch einen Ausweg. Ich musste mich dümmer stellen, als ich war. Ich nahm all meinen Mut zusammen, bemühte mich um eine kindliche Stimme und sagte: »Achtung, liebe Fahrgäste! Einen schönen Gruß vom Christkindlein und von den Hirten auf dem Felde, und wir fahren jetzt, klingelingeling, weiter bis zur Endstation Bethlehem.« Und dann sang ich so innig, wie ich konnte, das Lied: »Es werd scho glei dumpa, es werd scho glei Nacht ...!«

Schlagartig schwenkte die Stimmung um. Die Dame mit dem aufgeschlitzten Rock bot mir ihren Platz an, ein umgeworfener Bub steckte mir ein Malzbonbon in den Mund und der Bärtige ein Zweimarkstück in die Manteltasche. Sogar der Italiener, der mich vorher »brutta bestia« genannt hatte, lächelte mich freundlich an. Aufatmend hörte ich, wie einer dem anderen flüsterte: »Ein armer Irrer, wir dürfen ihn nicht länger reizen! Sonst könnte er rabiat werden!«

An der nächsten Haltestelle stieg ich ungehindert aus. Zuvorkommend reichten mir die Fahrgäste meine Drei-Meter-Tanne heraus und wünschten mir noch gute Feiertage und ein glückliches neues Jahr.

Die Faust im Nacken

Von der Frau des Komponisten Richard Strauss wird behauptet, dass sie, während der Meister komponierte, von Zeit zu Zeit in sein Arbeitszimmer eindrang und die Bogen nachzählte, die er mit Notenköpfen beschriftet hatte. Waren es ihrer Meinung nach genug, so nickte sie mit dem Kopf und zog wieder ab. Waren es aber ihrer Meinung nach zu wenig, dann schimpfte sie mit ihm.

Nicht, dass sich der Schwager mit dem großen Richard Strauss vergleichen möchte. I woher denn! Aber die Schwägerin, die hat schon eine verdammte Ähnlichkeit mit der Frau des Meisters!

Kaum sitzt der Schwager eine Weile an seinem Tisch, um den »Schwager« zu schreiben, streicht sie auf einmal ganz verdächtig um ihn herum und versucht, ihm über die Schulter zu schauen.

»Ist was?«, fragt er.

»Du hast noch keine einzige Zeile auf dem Papier«, nörgelt sie. »Ich glaub, du spielst nur mit deinen Bleistiften rum und träumst in die Gegend, anstatt ernsthaft zu arbeiten.«

»Entschuldige«, sagt der Schwager, »aber mir fällt absolut nichts ein!«

»Denk doch ein bisschen an deine Familie«, tadelt die Schwägerin.

»Ich denk ja unentwegt an sie«, mault der Schwager. »Das ist ja der Grund, warum mir nichts einfällt!«

»Du könntest etwas über die Fremden schreiben«, schlägt die Schwägerin vor. »München ist zur Zeit voll von ihnen!«

»Bleib mir mit denen vom Leib! Die rennen mit ihren Fotoapparaten durch die Stadt, knipsen uns alle Sehenswürdigkeiten weg und fahren dann damit zollfrei wieder nach Hause.«

»Und die vollen Fremdenbetten? Sind die nix? Was sich allein in diesen Betten so alles tut!«

»Soll ich mich vielleicht auf Pornographie verlegen?«

»Pornographie hat immer ihre Leser«, sagt die Schwägerin, »in guten wie in schlechten Zeiten.«

Plötzlich hat der Schwager eine gute Idee und fängt flüssig zu schreiben an:

Brian schlug das Herz bis zum Hals herauf. Er spürte Astrid hautnah unter der Decke. Eine wilde Zärtlichkeit wallte in ihm auf. Er legte seine sehnigen Arme um ihren Nacken, über den das Gold ihrer Haare fiel, brachte seine Lippen so dicht an die ihren, dass man keine Ansichtskarte mehr dazwischen hätte stecken können, und sagte, als ihn ihr heißer, stoßweiser Atem traf: »Musstest du denn unbedingt noch diesen Münchner Wurstsalat mit seinen grässlichen Zwiebeln essen? Oh Himmel, jetzt bin ich von einem Augenblick zum anderen impotent geworden!«

Die Schwägerin hat mitgelesen. »So was kannst du nicht schreiben«, sagt sie, »das ist erstens unappetitlich und zweitens sehr unwahrscheinlich.«

»Du hast eben noch keine Frau geküsst, die kurz vorher Wurstsalat gegessen hatte«, sagt der Schwager.

»Aber du schon, gell? Wann und wo war denn das, wenn ich fragen darf?«

»Im Moment könnt ich dir das gar nicht sagen!«, weicht der Schwager aus.

»Wer A sagt, muss auch B sagen«, fordert darauf die Schwägerin mit aller Härte.

»Also gut, das muss im September 1968 gewesen sein, und zwar kurz nachdem ich und die Betreffende die Alte Post in Hierlaching verlassen haben.«

»Und wer war diese unmögliche Person?«

»Niemand anders als du!«, sagt der Schwager. »Erinnerst du dich denn nicht mehr?«

»Aber so viel ich noch im Kopf hab, zurückgeschaudert bist du nicht!«

»Weil ich die Gabe der Beherrschung habe«, erwiderte der Schwager.

»Dieses ganze Gerede bringt nichts«, meint die Schwägerin. »Ich gehe jetzt zum Einkaufen. Und bis ich wiederkomm, möchte ich was auf diesen Blättern sehen!«

Der Schwager sitzt wieder solo im Zimmer, allein mit seinen Bleistiften und den vielen, vielen, leeren, weißen Blättern. Und obwohl er sich jede Kritik an Richard Strauß versagen möchte: für gewisse gequälte Passagen im Werk des Meisters gewinnt er zunehmend Verständnis.

Szenen einer bayerischen Ehe

Zeitzünder in Seidenpapier

Jeder, der Ehemännern ins Herz zu schauen vermag, weiß, dass sie nichts lieber täten, als ihren Frauen jede Woche einmal Blumen zu schenken. Wer sie daran hindert? Nun ja, das sind die Umstände. Sie sind stärker als ihr brennender insgeheimer Wunsch.

Erstens einmal ist die Blumensprache in Bayern nicht der Brauch. Die Frau spricht hierzulande zum Mann durch den Duft ihrer Leberknödel, der Mann zur Frau durch den herben Geruch seiner gestopften Socken. Die Folge ist, dass Rosen und Nelken auf der Strecke bleiben.

Man stelle sich nur einmal die Schwierigkeiten für einen Mann vor, der seine Frau zum ersten und letzten Mal bei der Hochzeit, und da nur auf Drängen der Schwiegermutter, mit einem Strauß überrascht hat, wenn er plötzlich einen Blumenladen betreten müsste. Da käme es doch sicher zu dem folgenden Gespräch:

Verkäuferin: »Sie wünschen, mein Herr?«

Der Ehemann vor Verlegenheit stotternd: »Einen Strauß Bluhumen!«

Verkäuferin: »Wir haben die unterschiedlichsten Blumen. Sie wollen sicher einen Besuch machen?«

Der Ehemann: »Nein, oder besser gesagt eigentlich ja, ich weiß nicht recht, wie ich es Ihnen erklären soll. Es ist ziemlich ungewöhnlich.«

Verkäuferin, mit einem wissenden Lächeln: »Nicht so ungewöhnlich, wie Sie denken. Es kommt auf die Gefühle an, die Sie für die Dame hegen. Und auch, wie gut Sie sie kennen.«

Der Ehemann: »Ich kenne die Dame schon äußerst lange.«

Die Verkäuferin: »Aha, alte Bande neu knüpfen, diese Fälle haben wir oft. Da erreichen Sie das meiste mit zweifarbigen Hyazinthen …«

Man wird zugeben, dass es den Charakter eines Ehemannes, dem so offen eine Geliebte untergejubelt wird, schwer überfordern heißt, wenn er nun die Wahrheit eingestehen und die eigene Frau als Empfängerin preisgeben sollte.

Auf diese vertrackte Weise erfährt nie jemand, was man einer langjährigen Ehefrau eigentlich für Treibhausgewächse mitbringt. Es herrscht da, wenn man so rumfragt, die größte Verworrenheit. Die einen sind für langstielig, die anderen für kurzstielig, wieder andere für geruchlos. Die einen halten Gänseblümchen und die Ebene darunter für angebracht, andere sind mehr für Hundsveigerl oder Klatschmohn, während sich die dritten bis in die Höhe von Chrysanthemen versteigen. Praktische Naturen hingegen neigen mehr zu Topfpflanzen. Leider hat es der Blumenhandel bis heute unterlassen, verbindliche Richtlinien herauszugeben.

Nehmen wir an, unser Ehemann flüchtet nicht unter Hinterlassung seines Regenschirms aus dem Laden, sondern lässt sich zum Kauf jener Blumen hinreißen, die zur Wiederannäherung an eine abgelegte Geliebte günstig erscheinen. Er zahlt also fünfundvierzig Mark und begibt sich mit einem raschelnden Seidenpapiersack wieder auf die Straße.

Natürlich ahnt unser Mann nicht, dass er in Wirklichkeit einen gefährlichen Zeitzünder in der Hand trägt. Vorerst bemerkt er nur das eine: dass er plötzlich ein Gegenstand allgemeinen Interesses geworden ist.

Die Leute denken, ihn anstarrend – viele drehen sich sogar nach ihm um –. alle ungefähr dasselbe: ›Ihn schauts an, den alten Hirschen, er mag auch noch auf Freiersfüß gehen!‹

Ausgerechnet jetzt müssen ihm auch noch ein Bürobote und der Abteilungsleiter über den Weg laufen. Sie grinsen, und in ihren Gesichtern steht geschrieben: ›Haben wir dich endlich erwischt, du schlitzohriger Seitenspringer!‹ Nur wenige vermuten in anderer Richtung. Die tippen dann auf: ›Aha, sicher Vater geworden, weil er gar so betreten dreinschaut.‹ Oder: ›Der alte Häuslschleicher besucht wahrscheinlich eine Erbtante im Krankenhaus.‹

Der unglückselige Blumenträger täte gut daran, seinen Strauß irgendwo liegen zu lassen. Aber nein, in Anbetracht der Unkosten schleppt er ihn auch noch nach Hause. Jetzt freu dich, du armer Teufel!

Voll der zärtlichsten Regungen entfernt unser Ehemann das Papier und stopft es in die Manteltasche. Dann läutet er, freudig erregt. »Schau, Schatzi«, sagt er, »was ich dir mitgebracht hab!«

Die Ehefrau, abwechselnd rot und blass werdend: »Blumen! Blumen? Ja sag einmal, bist übergeschnappt? Ich hab doch gar nix!«

Der Ehemann: »Ich wollt dir halt einmal eine Freud machen, einfach so, weißt!«

Die Ehefrau, mit allen Zeichen der Bestürzung: »Mandi, geh ma besser ins Wohnzimmer, damit die Kinder nichts hören.« Sie fängt haltlos zu weinen an.

Der Ehemann verdattert: »Aber was hast denn?«

Die Ehefrau, jetzt hemmungslos schluchzend: »Du gemeiner Schuft, warst wieder nicht beim Schafkopfen am Samstagabend, dir schaut ja das schlechte Gewissen direkt aus den Augen, nein, ich tu mir noch einmal was an!«

Der arme Kerl, ganz verwirrt: »Ja, frag doch den Niedermeier Schorschi oder an Rehtaler Peter ...«

Die Frau: »Die brauch ich gar nicht fragen, ihr helft ja doch alle zusammen gegen eine arme, wehrlose Frau!«

Der Ehemann, sich windend: »Ich hab doch die Blumen ...«

Die Ehefrau, mit jäh erwachender Hoffnung: »Hast sie vielleicht gefunden?«

Der Ehemann, die Gelegenheit erfassend und sich selbst verleugnend: »Freilich, irgendwer hat s' liegen lassen in der Trambahn, und da hab ich mir denkt, bringst sie mit heim, bevor s' welken!«

Die Ehefrau, mit einem tiefen Seufzer der Erleichterung: »Gott sei Dank, Mandi, und ich hab schon geglaubt, du hast sie gekauft! Aber das sag ich dir, wennst mich noch mal so erschreckst, dann kannst was erleben!«

Wiedergeburt als Krokodil

Die einen lassen sich scheiden, die andern streiten Tag und Nacht, und der Maxl spielt mit der Muschi manchmal Seelenwanderung.

»Was möchtest du denn diesmal werden?«, fragt er erwartungsvoll.

»Ein Krokodil«, sagt die Muschi wie aus der Pistole geschossen. »Und zwar für den Fall, dass du mich überlebst und dann so geschmacklos bist und noch einmal heiratest.«

»Ja, und dann?«, fragt der Maxl voll banger Ahnung.

»Ja, und dann«, sagt die Muschi, »leg ich mich schön in die Mitte zwischen die Ehebetten und schnapp einmal nach links und einmal nach rechts!«

Statt die exklusive Liebe zu erkennen, die sich hinter diesen Worten verbirgt, ist der Maxl, weil ihm so gar nichts auf seine alten Tage vergönnt wird, eingeschnappt und meint patzig: »Ein Krokodil brauchst nicht werden, das bist schon!«

Die Muschi zuckt zurück wie von einer Dings gestochen. »Und«, würgt sie endlich hervor, »was möchtest dann du werden?«

»Eine Tarantel«, sagt der Maxl, dem das liebe Tier gerade rechtzeitig eingefallen ist. »Und zwar für den Fall, dass du sofort nach meinem Ableben meine Fotografie verkehrt an die Wand hängst, mein Markenalbum verkaufst und meine Rente in den Erfrischungsräumen der Kaufhäuser verjubelst!«

»Ja, und dann?«, fragt die Muschi, ebenfalls voll banger Ahnungen.

»Ja, und dann«, sagt der Maxl, »sitz ich einmal in der Zuckerdose und einmal in deiner Perücke, einmal im Suppentopf und dann wieder in deinem Gurgelglas oder deinen Hausschuhen.«

Die Muschi zieht die Stirn kraus, dass sie Falten wirft wie der Starnberger See vor einem Gewitter. Von jeher das sicherste Zeichen, dass es in ihrem Hirnkastl fieberhaft arbeitet.

Endlich ist der Denkvorgang abgeschlossen, die Stirn glättet sich, und sie sagt: »Damit tust du mir nichts Böses an. Ich mag nämlich Taranteln. Es sind sogar meine Lieblingstiere!«

»Seit wann denn?«, fragt der Maxl. »Das ist ja das Allerneueste!«

Natürlich hat er ihre List sofort durchschaut, denn wenn sie ein Tarantel-Fan ist, pufft sein schöner Angriff ins Leere!

Aber die Muschi treibt es noch weiter. »Taranteln sind für mich dasselbe wie Tarantella!«, behauptet sie.

»Jetzt schneid aber ab«, sagt der Maxl. »Du fürchtest ja sogar Frösche. Und wenn du eine Spinne siehst, fängst du zu spinnen an! Wahrscheinlich weißt du überhaupt gar nicht, was eine Tarantel ist und wie die ausschaut. Die haben einen furchtbar giftigen Stachel, und den bohren sie den Menschen mir nichts, dir nichts hinein. Und dann heißt es abtreten von der Bühne des Lebens!«

»Aber bei dir nicht! Denn wie ich dich als Tarantel kenn, möchtest du mich so lang wie möglich sekkieren. Tratzen und erschrecken willst mich als Tarantel, das ist alles. Aber glaub bloß nicht, dass ich dich fürcht, dich!«

»Wie schaut denn eine Tarantel aus, wenn du so gescheit bist?«, bohrt der Maxl weiter.

»Ich weiß es«, sagt die Muschi, »aber ob du's auch weißt?«

Auwehzwick, jetzt ist der Maxl in eine Falle getappt. Wie schaut denn eigentlich eine Tarantel aus? Er lügt Not: »Eine Tarantel ähnelt in etwa einem Tintenfisch, bloß dass sie auf Bäumen und Büschen lebt. Sie hat nur ein einziges Auge, aber was für eins! Das glitzert nur so voller List und Tücke und lauert auf günstige Gelegenheiten. Unter dem glitschigen Fell ist der bewusste Stachel eingebaut, und der ist ständig giftgeschwollen. Bei der geringsten Kleinigkeit lässt ihn die Tarantel herausschnellen. Schau her, so!« Der Maxl sticht mit gespitztem Zeigefinger seiner Gefährtin in den Nacken.

Doch die Muschi klopft ihm bloß lässig auf die Hand. Lachend sagt sie: »Jetzt gib einmal Obacht, was ich mit so einer Tarantel mach!«

Sie wirft eine Praline, sozusagen als Tarantelersatz, in eine Tasse, stülpt blitzschnell ein Brotzeitbrettl darüber, öffnet die Gefriertruhe und stellt sie hinein.

Ein eiskalter Schauder läuft dem Maxl den Buckel hinunter. »Lass mich sofort raus«, sagt er drohend, »sonst stech ich dich wirklich!«

»Stich doch, wenn du kannst!«, lacht die Muschi. Sie ist eiskalt. Kälter, als dem Maxl als seelengewanderter Tarantel jetzt wird. Ohne jede menschliche Regung überantwortet sie ihn dem Gefriertod.

Langsam kriecht dem Maxl die Kälte die Füße herauf und er beginnt mit den Zähnen zu klappern.

»Wenn du noch ein Mal mit mir so umspringst«, sagt er zur Muschi, »hab ich das letzte Mal mit dir Seelenwanderung gespielt. Das merkst du dir!«

»Ist ja recht!«, sagt sie und holt die Praline aus der Truhe. »Da, iss sie, sonst bleibt dir noch was!«

Sie ist halt dann doch wieder eine gute Haut, die Muschi, wenn sie auch der Maxl als Krokodil nicht ständig um sich haben möchte!

Streiten, bis die Fetzen fliegen

Als in der Nachbarschaft wieder einmal gestritten wurde, dass die Fetzen flogen, ungeheuerliche Beschuldigungen durch die offenen Fenster gebrüllt wurden, Tellergeklirr und Watschenpitschpatsch zu vernehmen war, sagte der Maxl zur Muschi: »Wir sollten uns schämen! Noch nie haben wir unserer nächsten Umgebung ein ähnliches Spektakel geboten! Die müssen glauben, wir lassen uns gegenseitig alles gefallen, machen immer bloß gute Miene zum bösen Spiel!«

Seine Worte ließen eine sehr nachdenkliche Muschi zurück. »Irgendwie hast du Recht«, sagte sie. »Das letzte Mal, dass wir gestritten haben, das war vor dreißig Jahren, als ich dir draufgekommen bin, dass du mit deiner Büro-Amsel, dem Fräulein Schratzenstaller, eine Bar besucht hast, anstatt, wie du vorgegeben hast, einen Yogakurs in der Volkshochschule.«

»Ja, lang ist's her«, seufzte der Maxl. »Aber gebrüllt hast du selbst damals nicht, sondern im Gegenteil eine Woche eisern geschwiegen. Wie hätten denn da unsere Nachbarn etwas mitbekommen sollen?«

»Und gesund ist so was auch nicht gerade«, fuhr er fort. »Du hast doch sicher schon von der befreienden Kraft des Urschreis, von der reinigenden Wirkung eines Gewitters gehört? Vielleicht sollten wir einfach einmal einen handfesten Streit vom Zaun brechen, natürlich nur pro forma.«

»Nicht schlecht«, sagte die Muschi. »Und damit's alle mitbekommen, machen wir jetzt als Erstes gleich alle Fenster und Türen auf!«

Was soll ich sagen: Es wurde ein wundervoller Streit, ein fulminanter Krach, der kein bisschen weh, sondern geradezu wohl tat!

»Das machst du mir kein zweites Mal«, schrie der Maxl mit überschnappender Stimme, »sonst hast du mich das letzte Mal in dieser Bruchbude gesehen«, und dazu schlug er mit einem Hammer auf eine alte Kupferpfanne ein, dass es durch das ganze Haus dröhnte.

Leider hielt sich die Muschi nicht ganz an das vereinbarte Konzept und schrie ein paar Mal auch den Namen »Mia Schratzenstaller« in Verbindung mit »alle Haare einzeln ausreißen« heraus, aber wahrscheinlich brauchte sie das, um in rabiate Höchstform zu kommen. Sie fetzte eine Suppenterrine zu Boden, dass sie in hundert Scherben splitterte, aber schlau, wie sie nun einmal ist, jene, an der bereits beide Henkel fehlten. Und dazu keifte sie etwas von Scheidungsanwalt und Vermögensentzug.

So jäh sie begonnen hatten, so abrupt hörten sie auch wieder mit ihrem verabredeten Hauskrach auf. Sie räumten die Scherben weg, schlossen Fenster und Türen, zogen sich fein an und gingen hoch befriedigt aus dem Haus. Galant bot der Maxl der Muschi seinen Arm an, in den sie sich lächelnd einhakte.

So stelzten sie einträchtig davon, und wenn sie nicht gestorben sind, all die Nachbarinnen und Nachbarn mitsamt Kindern, Schwiegermüttern, Katzen und Kanarienvögeln, so schauen sie heute noch mit unglaublich dummen Gesichtern aus ihren Fenstern heraus.

Platzerlangst vor Weihnachten

So paradox das klingt: Weil die Muschi so außergewöhnlich gute Christstollen und Weihnachtsplätzchen zu backen versteht, hat ihr der Maxl diesmal im Advent strikt verboten, an der Teigschüssel tätig zu werden. Weil er nämlich bisher noch jedes Mal nach den Feiertagen sechs Pfund mehr auf die Waage gebracht hatte.

Aber leider ist dem Maxl die seine eine Heimtückerin. Zwar hielt sie sich an das Verbot, doch kaufte sie nun nicht zu knapp Lebkuchen, Plätzchen, Kletzenbrot und Stollen ein.

Gestern Abend, als er an nichts Schlimmes dachte, stellte sie plötzlich eine wunderschön bemalte Blechschachtel auf den Tisch. Ein freudiger Schreck durchfuhr Maxls Glieder. Weihnachtsplatzerl?

Doch er hielt sich vorerst streng zurück und fragte in gespielter Bärsche: »Was ist denn da drin?«

»Schau selber nach«, sagte lächelnd die Muschi.

»Wird schon nichts Gescheites ein!«, meinte Maxl und vertiefte sich in die Zeitung.

Wenn es aber vielleicht doch Plätzchen wären? Maxl spürte, wie ihm, obwohl er gerade den Leitartikel las, das Wasser im Mund zusammenlief. Mitten im Satz schloss er die Augen und stellte sich seine Lieblinge vor, die Kokosnussplatzerl. Diese Rauputz-Mini-Pyramiden, die sich über einem hauchdünnen Oblatenfundament erheben. Dazu die makellos runden und herrlich duftenden Anisplatzerl, oder gar die aus Butterteig, die sich in vielerlei Formen dem Gaumen empfehlen.

Zweimal musste Maxl seine rechte Hand zur Ordnung rufen, weil sie ohne Genehmigung nach der Schachtel unterwegs war. Beim dritten Mal aber ließ er sie gewähren. Langsam hob sich der Deckel.

Ja, auf die Muschi, da war halt Verlass! Randvoll gefüllt mit Plätzchen der verschiedensten Art, bot sich die Schachtel dem entzückten Auge des Maxl. Sein Mund aber sagte: »Ja, das sind ja Platzerl! Hab ich nicht ausdrücklich angeordnet, dass …«

»Dass ich keine backen soll«, unterbrach Muschi, »aber von kaufen hast du nichts gesagt!«

Wunderbar, dieser Einfallsreichtum, diese Flexibilität! Der Maxl hätte ihr die Hand küssen mögen. Er sagte: »So also umgeht man meine Anweisungen. Allerhand ist das!«

Gleichzeitig griff er beherzt in die Schachtel und hatte natürlich sofort ein Kokosnussplatzerl in der Hand.

»Gekaufte!«, sagte er. »Die werden natürlich schmecken wie aus der Betonfabrik.«

»Die sind vom Bäcker Hasenöhrl«, meldete die Muschi. »und der ist bekannt für seine Qualität!«

»Es geht nichts über selbst Gebackenes«, grantelte Maxl, hatte aber schon das Hasenöhrlsche Produkt im Mund.

Hm, das schmeckte ja ausgezeichnet. Aber vielleicht war es ein Glückstreffer? Maxl ließ ein zweites nachfolgen. Und zur Sicherheit noch ein drittes. Aber eins war so gut wie das andere.

Aber ob die Anisplätzchen genießbar waren? Und die aus Blätterteig, die so viel Feingefühl verlangen?

Dem Maxl blieb als Familienvorstand nichts anderes übrig, als in den sauren Apfel zu beißen. Er machte bei allen Arten die Dreierprobe. Und dann naschte er noch einmal, um sie miteinander zu vergleichen, von jeder Sorte zwei.

Erwartungsvoll hing Muschi an seinen zuckrigen Lippen.

»Eigentlich ganz ordentlich«, sagte Maxl. »Hast du etwa die Stollen auch schon gekauft? Wenn ja, dann her damit!«

Maxl war sich seiner Verantwortung voll bewusst.

»Aber du willst sie doch hoffentlich nicht anschneiden?«, jammerte die Muschi.

»Wir müssen«, sagte Maxl. »Stell dir vor, wenn sie ungenießbar wären. Wie wir da an Weihnachten dastünden!«

Diesem Argument konnte sich Muschi nicht verschließen. Sie schleppte zwei weiße Riesen herbei, trennte ihnen mit einem langen Messer das Scherzl vom Rumpf und reichte sie ihrem Probierer vom Dienst.

Mit Kennergaumen kaute sie der Maxl durch. Dann meinte er: »Frau, ich will dir einmal was sagen: Das Fremdgebäck in allen Ehren, aber selbst gebacken ist selbst gebacken! Da ich außerdem nur zu gut weiß, dass Backen deine große Leidenschaft ist, ziehe ich hiermit mein Verbot mit dem Ausdruck des größten Bedauerns zurück. Backe wie alle Jahre nach Herzenslust! Und was die Hasenöhrlschen Produkte betrifft, so werde ich, das verspreche ich dir, bei ihrer Beiseiteräumung voll meinen Mann stellen!«

Da leuchteten die Augen der Muschi glücklich auf. »Was bist du doch für ein herzensguter, braver, uneigennütziger Hausvater!«, rief sie begeistert.

Und dann stimmten sie beide spontan das schöne, alle Jahre wieder wahre Lied an: Oh du selige, oh du mehlige, Platzerl bringende Weihnachtszeit!

Ein Knall an Silvester

Am letzten Tag des Jahres wird der Maxl staatsmännisch und erklärt der verdutzten Muschi: »Weißt du, was der de Gaulle einmal gesagt hat? ›Wie soll man einen Staat lenken, der 281 Käsesorten hat?‹ Ich aber möchte dich fragen: Wie soll man erst ein Land regieren, in dem jedes Jahr völlig sinnlos Millionen von Mark in die Luft gepulvert werden?«

»Du meinst, weil die Jäger so schlecht schießen?«

»Unsinn! Ich sprech von den unzähligen Raketen, Knallfröschen, Kanonenschlägen und all den anderen Feuerwerkskörpern, mit denen heute Nacht wieder das alte Jahr verabschiedet und das neue begrüßt wird. Eine Unsitte, in der der teutonische Zundelfrieder, der Pyromane im Mann, unverhüllt zum Vorschein kommt.«

»Pyromanen, sind das nicht diese gewissen Andersgläubigen, die mehrere Frauen haben dürfen?«, fragt die Muschi.

»Nein, was du meinst, das sind die Mormonen. Pyromanen dagegen nennt man krankhafte Feuerleger, so genannte Feuerteufel, die eine tiefe Befriedigung finden, wenn's irgendwo brennt.«

»Aber anbrennen tun doch die Neujahrsanschießer nichts?«

»Manchmal schon«, sagt der Maxl. »Die schönsten Villen sind dabei schon abgebrannt, von Gartenhäuschen ganz zu schweigen. Außerdem zeigt sich bei dieser Unsitte eine wirklich erschreckende Undiszipliniertheit des Volkes, die einerseits in einer bedenklichen

Frühreife, andererseits in einem geistigen Spätzündertum zum Ausdruck kommt.«

»Du meinst die Frühknaller und die Nachzügler?«

»Genau. Wie soll man denn, ich frage dich noch einmal, ein Volk regieren, in dem breiteste Kreise nicht einmal die Uhr kennen, und wenn, sich nicht danach richten? Einen solchen Sauhaufen könnte doch nicht einmal der Schmied von Kochel zusammenhalten!«

Auf diese Worte des Maxl hin fühlt sich Muschi ebenfalls bemüßigt, Staatsmännisches, besser gesagt Staatsweibisches, von sich zu geben: »Zu dieser verantwortungslosen Verschleuderung von Volksvermögen gesellt sich noch eine schlimme Gedankenlosigkeit und Rücksichtslosigkeit. Jedes Jahr steht's ja wieder aufs Neue in der Zeitung, wie viele unschuldige Hunderl sich, wenn die Knallerei anfängt, losreißen und nie wieder nach Hause finden, wie viele Babys in ihren Bettchen aufwachen und kläglich zu weinen beginnen, weil sie glauben, eine Revolution sei ausgebrochen!«

»Ja, wir Deutschen sind schon wirklich die allerallerletzten Knallköpfe«, sagt der Maxl. »Leichtsinnig, verschwenderisch, unpünktlich, brutal. Ich sage dir allen Ernstes, wenn ich nicht schon gestern für dreihundert Mark Feuerwerkskörper gekauft hätte, ich würde mich dieser dummen Sitte heute Nacht glatt widersetzen. Jawohl, ich würde rebellieren und zu einem eiskalten Nonkonformisten werden!«

»Zu einem was?«

»Nonkonformisten«, erklärt Maxl. »Das sind Menschen, die aus der Reihe tanzen.«

»Ja, tanzen war noch nie deine Stärke«, meint die Muschi.

»Das gehört jetzt nicht hierher«, sagt der Maxl. »Jedenfalls würde ich mich verweigern. Aber bei diesen Nachbarn, die wir haben, ist man ja direkt gezwungen, mitzumachen. Sonst heißt es gleich, bei denen ist die Luft raus, die können finanziell nicht mehr mithalten!«

Darauf die Muschi: »Erinnere dich doch, wie die voriges Jahr an Silvester bereits um halb zwölf Uhr zu ballern angefangen haben und wie unser armer Dackel geheult hat!«

»Rache ist Blutwurst«, sagt der Maxl düster. »Gib Obacht: Wir fangen heute schon um viertel nach elf Uhr zu schießen an und ziehen es bis gegen ein Uhr hin. Der Vorrat reicht leicht dafür!«

»Aber«, fragt die Muschi, »sind wir dann nicht auch verschwenderisch, undiszipliniert und rücksichtslos?«

Da bleibt dem Maxl nichts anderes übrig, als noch einmal staatsmännisch zu werden: »Man soll sich als Einzelner nicht über das Volk erheben, nicht besser sein wollen als die anderen«, sagt er. »Alles andere könnte sehr leicht zum Klassenkampf führen.«

»Also ein einig Volk von Pyromanen?«, bohrt die Muschi nach.

»Nichts anderes«, sagt der Maxl. »Merk dir: Von der Romantik bis zur Pyromantik ist nur ein ganz kleiner Schritt!«

Rosshaar auf Heldenbrust

Wenn Sie Ihrer lieben Frau einen freudigen Schreck einjagen wollen, dann machen Sie es wie ich und kaufen ihr – nein, kein Nachthemd und auch keine Blumen. Kaufen Sie ihr überhaupt nichts. Kaufen Sie lieber was für sich: Kaufen Sie ein Brust-Toupet!

Das Brust-Toupet ist erfunden worden, um die unbehaarte männliche Brust mit Ross- oder Kunststoffhaaren zu versehen und dadurch wilder und kitzliger zu machen. Ich musste schrecklich lachen, als ich diese Novität im Schaufenster einer Haar-Boutique entdeckte. Auf einer Kunststoff-Büste spross es da, flankiert von Vorder- und Hinterglatzen-Toupets, fuchsrot nach beiden Seiten, wie wenn zehn untereinander gelegte Kaiser-Wilhelm-Gedächtnis-Schnauzer Wurzel geschlagen hätten. Dann aber fing ich an, nachdenklich am Hemd zu knöpfeln und mit dem Zeigefinger suchend übers eigene Brustbein zu streichen. Da fand ich nur einen hauchdünnen Besatz, und als ich mich dann noch dunkel meines Spiegelbrustbilds erinnerte, wusste ich, dass da nicht viel war, dessen sich zu rühmen Anlass gewesen wäre.

Natürlich wäre ich deshalb noch lange nicht auf die Idee gekommen, ein Brust-Toupet zu kaufen, wenn man nicht gerade den 13. September geschrieben hätte, jenen seit jeher teuren Tag, an dem die liebe Gattin Geburtstag feiert. Kenn sich einer mit den Frauen aus! Vielleicht hatte sich die brave Gefährtin schon seit einem Jahrzehnt am platterten Oberkörper ihres Gatten abgesehen und ersehnte statt dessen eine dicht behaarte Männerbrust zum Kraulen und Hineinkuscheln?

Sie haben in jener Boutique eine sehr nette Verkäuferin, die ein pechschwarzes Brust-Toupet mit prachtvollen drahtigen Kräuselhaaren für mich aussuchte. Es passte auf Anhieb. »Sie haben eine sehr schön ausgebildete Normalbrust«, lobte mich die Maid, worauf ich das erste Mal seit fünfunddreißig Jahren wieder errötete.

Die Haare kitzelten angenehm auf der Haut, doch das aufsteigende Kichern verging mir, als ich in den Spiegel blickte: Da sah mir ein Kerl entgegen, der mich das Fürchten lehrte. Solche Matratzen auf der Vorderfront haben sonst nur südamerikanische Banditeros.

»Dieses Toupet erspart das Unterleiberl«, sagte indes die Verkäuferin und fuhr, um mir meine Furcht vor mir zu nehmen, fort: »Es macht wirklich attraktiv und sexy.«

Und dabei seufzte sie tatsächlich zwei- bis dreimal tief auf.

Diese Seufzer gaben den Ausschlag. »Ich nehme das Toupet«, sagte ich.

»Soll ich es Ihnen einpacken?«

»Nein«, sagte ich, »ich behalte es gleich an. Aber was mach ich mit meinen eigenen Brusthaaren? Können Sie mir die nicht abnehmen und einwickeln?«

»Oh«, meinte sie lächelnd, »es ist nicht der Rede wert. Auf Wiedersehen und beehren Sie uns wieder!«

Achtzig Euro, das ist nicht billig, aber für einen, dem die Natur Ringellocken auf der Brust versagt hat, auch wiederum nicht zu teuer. Außerdem kam es ja auf die Wirkung an.

Nicht nur bei der eigenen Frau. Ich malte mir im Geiste aus, wie ich im Familienbad unter den bewundernden Blicken von ein paar Hundert voll erfahrenen Frauen zum Zehnmeter-Turm schritte, wie ich Sprosse um Sprosse hinaufstiege bis zur obersten Plattform, wie ich langsam an den Rand ginge, die Arme vorstreckte und mich auf die Zehenspitzen stellte – und nach einer Weile wieder zurückträte.

Denn ich bin ja nicht dumm, mich in eine solch gähnende Tiefe zu stürzen und dabei meine haarige Brust, die ja bloß an einem Klebestreifen hängt, aufs Spiel zu setzen.

»Warum lachst du denn so komisch?«, sagte die liebe Frau, als ich mit meinem süßen Geheimnis unter der Weste eintraf, und schaute anklagend auf meine Arme, die von keinem Paket beschwert waren.

»Ich hab dir was sehr Schönes mitgebracht«, sagte ich, »da wirst du Augen machen! Aber du musst noch warten, bis es finster ist. Die Enthüllung wird im Schlafzimmer stattfinden.«

Sie schaute mich an, als ob ich den Verstand verloren hätte. Schweigend nahmen wir unser Mahl ein.

Kaum war das Geschirr abgeräumt, sagte sie: »Jetzt ist es aber eigentlich draußen schon ganz finster!«

»Wenn du meinst«, sagte ich. »Es ist wirklich eine ganz tolle Überraschung. Eine Sache, auf die du nie kommen würdest. Höchstens im Traum«, fügte ich nachdenklich hinzu. »Gib Acht: Ich gehe jetzt ins Schlafzimmer, kleide mich aus und lege mich ins Bett. Dann drehe ich das Licht aus, und du kommst nach. Und dann zeige ich es dir!«

»Nein«, sagte sie, »das ist zu albern, da mache ich nicht mit! Das hättest du vor dreißig Jahren machen können, als wir jung verheiratet waren. Aber nun ist es zu spät für so was.« Und eine Träne stahl sich in ihr Auge.

»Du denkst ganz was Falsches«, sagte ich. »Nie und nimmer würde ich dich so erschrecken. Tue nur, was ich dir sage, und du wirst nicht enttäuscht sein!«

Ich verschwand, warf die Hosen ins Eck, schlüpfte unter die Decke und löschte das Licht. Dann rief ich laut »Kommen!«, wie bei einer richtigen Bescherung.

Zaghaft öffnete sie die Tür.

»Setz dich an mein Bett«, sagte ich, um fortzufahren: »Ich gratuliere dir recht herzlich zum Geburtstag.« Dann nahm ich ihre Hand und strich damit leise über meine falsche haarige Brust.

Sie stieß einen markerschütternden Schrei aus und stürzte zum Lichtschalter. Wie sie mich liegen sah in meiner schwarzgelockten Pracht, wurde sie noch fassungsloser. »Du Satan«, sagte sie, »wie hast du das bloß gemacht? Mich so erschrecken!«

»Es ist ein Brust-Toupet«, sagte ich, »gibt's in jeder besseren Haar-Boutique. Ist es nicht ganz nach deinem Geschmack, würden dir vielleicht rote Haare ...?«

Jetzt fing sie schrill zu lachen an. »Ich will keinen Affen neben mir im Bett haben«, kreischte sie, »keinen Affen, kein Wildschwein und auch kein Dromedar!« Und zerrte mit aller Kraft an meinem Gelocke.

Oh, das tat gar nicht gut! Wie wenn einem ein riesiges Pflaster stückweise vom Leib gerissen würde. Meine Laute waren entsprechend.

»Du wieherst wie ein alter Gaul«, sagte die teure Gattin hoch befriedigt.

»Ja«, sagte ich mit schmerzverzerrtem Gesicht, »es ist ja auch echtes Rosshaar!«

Der Damenöler von Miramare

Seitdem Luigi, der schöne, braun gebrannte Bademeister von Miramare, der Frau Haberl das erste Mal den Rücken mit Sonnenöl eingerieben hat, ist sie wie verwandelt. Und der Herr Haberl auch.

Anstatt wie früher an den Strand zu schlendern, setzt sie nun betont graziös einen Fuß vor den anderen und wackelt dabei auf eine Art mit den Hüften, wie man es von Marylin Monroe kannte.

Kaum an ihrem Liegestuhl angekommen, stürzt dieser Luigi eilfertig herbei, um ihr den Rücken einzureiben.

»Aber das kann doch ich machen«, sagt der Herr Haberl ärgerlich.

»Nein«, sagt sie, »du bist zu grob, Luigi ist da viel gefühlvoller!«

Der Kerl wirft Herrn Haberl einen triumphierenden Blick zu und beginnt. sich intensiv mit dem Rücken von Frau Haberl zu beschäftigen. Stumm vor Zorn, entfaltet Herr Haberl eine Zeitung, über die hinweg er die Streichelübungen des verdammten Italieners argwöhnisch beobachtet.

Er schaut auf seine goldene Armbanduhr. Drei Minuten gibt er ihm, nicht mehr! Als sie um sind, sagt er: »Tante grazie, aber jetzt genügt es meiner Frau. Basta und a rivederci!«

»Ist das mein Rücken oder deiner?«, fragt Frau Haberl aufsässig. »Ich sagen basta und nix du!«

Aus Gefälligkeit gegenüber Luigi verfällt sie in das Kleinkindergebabbel, das deutsche Geschäftsfrauen gegenüber ausländischen Mitbürgern zu reden pflegen.

Endlich, nach einem letzten Bestreicheln ihrer Flanken, entfernt sich der Bursche. Frau Haberl schaut ihm schmachtend nach, Herr Haberl stürzt sich wutentbrannt ins Wasser. Nur der abscheuliche Salzgeschmack hindert ihn daran, sich aus Trotz zu ertränken.

Beim Abendessen verweigert Frau Haberl die Spaghetti zur Vorspeise und das Törtchen zur Nachspeise. Sie müsse auf ihre Linie achten, erklärt sie.

»Seit wann dieses?«, fragt Herr Haberl.

»Seit meine Figur allgemein Beachtung findet«, antwortet sie.

Herr Haberl kann nur noch den Kopf schütteln. Dennoch macht er später, durch zwei Liter Chianti versöhnlich gestimmt, in der Schwüle des Schlafgemachs einen Versöhnungsversuch, wie er unter Eheleuten allgemein üblich ist. Doch er wird schnöde abgewiesen mit der faulen Ausrede: »Nimm doch Rücksicht auf meinen Sonnenbrand!« Wie wenn sich da, bei einigermaßen gutem Willen, nicht trotzdem eine Möglichkeit finden ließe!

Schwer beleidigt wirft sich Herr Haberl auf die andere Seite und schläft mit furchtbaren Rachegedanken ein.

Am nächsten Morgen entfernt sich Herr Haberl fünf Minuten von seinem Sonnenschirm. Zurückgekehrt, findet er seine Lebensgefährtin nicht mehr vor. Endlich entdeckt er sie draußen auf dem Meer in einem Ruderboot. Ihr Rudersklave: Luigi!

Wenn er nicht wüsste, dass sie schwer an einer Midlife-Crisis erkrankt ist, würde er jetzt sofort packen und alleine in die Dolomiten fahren.

Ihm kommt da so eine Idee. Neben ihm bräunt sich eine bildhübsche, junge Wienerin, und zu der sagt er: »Dass Sie bloß keinen Sonnenbrand bekommen! Sie sollten sich, wie meine Frau, von dem jungen und sehr gefälligen Bademeister einölen lassen. Der macht das perfekt! Sie brauchen ihm nur ihr Ölfläschchen hinhalten und ›prego‹ sagen.«

Von Frau Haberl und Luigi ist inzwischen nichts mehr zu sehen. Besorgt will Herr Haberl auf seine Uhr schauen. Er hatte sie in seinen rechten Schuh gesteckt und einen Socken drübergeschoben. Aber die Uhr ist nicht mehr da. Gestohlen! Das auch noch!

Dritter Tag, beim Abendessen. Frau Haberl ist empört. »Hast du diese unverschämte Person gesehen?«, sagt sie, »dieses Flitscherl aus Wien? Fordert Luigi einfach auf, ihr den Rücken einzureiben! Und der Kerl tut's auch noch! Zu was hab ich denn dem deine wertvolle …«

Erschreckt hält sie in ihrer Rede inne.

»Meine wertvolle was?«, hakt Herr Haberl nach.

»Frag nicht!«, ruft sie, und Tränen treten in ihre Augen.

In dieser Nacht hat Frau Haberl keinen Sonnenbrand mehr. Auch ihre Midlife-Crisis ist schlagartig abgeklungen. Nachdem Herr Haberl die Beichte gehört hat, denkt er: So toll war die Uhr, die sie ihm zum ewigen Andenken draußen auf dem Mare geschenkt hat, auch wieder nicht. Es gibt jetzt schon ganz billige Sportuhren für fünfundzwanzig Mark, die sogar garantiert wasserdicht sind …

Wenn die Frau mit dem Freund durchbrennt

»Habts scho von dem Unglück ghört, des an Kare troffn hat?«, fragt der Lucki am Stammtisch.

»Naa, aber sag scho endlich, was passiert ist«, drängen die anderen.

Der Lucki: »Mit meiner Alten is er durchbrennt!«

Wer hat da in Bezug auf den Kare schadenfroh gelacht? Sofort antreten zum Küchendienst! Dem sollen die Finger blutig werden vom Kartoffelreiben! Weil er offenbar sein freudiges Standesamts-Ja von ehedem glatt vergessen und für einen Augenblick lang im Hinterkopf den Gedanken gespürt hat, dass er gegen ein solches Glück-Unglück auch nicht viel einzuwenden hätte.

Und doch: Ob er wirklich so guter Dinge wäre wie der Lucki, wenn ihm die Frau mit seinem besten Spezi durchbrennen tät?

Der Schwager denkt den Fall einmal für seine Person durch. Er kommt am Abend nach Hause und findet seine Frau nicht vor. Stattdessen aufgerissene Schränke und Kommoden und einen Zettel auf dem Küchentisch, auf dem geschrieben steht:

Mein lieber bisheriger Mann!
Hiermit gebe ich dir kund und zu wissen, dass ich an der Seite von Erwin, deinem guten Freund, ein neues Leben beginne. Wenn du diese Zeilen liest, weile ich bereits in einem fernen Land. Zum Abendessen habe ich dir noch einmal deine Lieblingsgerichte, Grießnockerlsuppe und Gulasch, gekocht. Bitte auf den Gasherd stellen und anwärmen. Ab morgen

musst du dann selber sehen, wo du bleibst. Am besten, du belegst einen Hausfrauenkurs in der Volkshochschule.
Mit den besten Wünschen für deine Zukunft verbleibe ich deine Exfrau Muschikatz!

Da würde wohl der Schwager ganz schön von den Socken sein! Und mit größter Bitterkeit feststellen, dass die billige Unterwäsche seines getürmten Beiwagens vollständig vorhanden, die teure, verruchte aber, die er einmal aus Paris mitgebracht hat, mit entführt worden ist.

Dann würde sich sein ganzer Zorn diesem elenden Sauhund, diesem Erwin, zuwenden. Ein sauberer Freund und Kegelbruder! Was sie bloß an diesem Süßholzraspler, Jammerlappen und Schlappschwanz findet? Aber warte nur: Die Zeit des ersten Honigleckens wird bald vorüber sein! Und dann nennt man das Ganze nicht mehr Kür, sondern Pflicht! Ob du dann noch den Ansprüchen genügen wirst, lieber Freund?

Der Schwager stellt die Suppe, seine letzte, auf den Herd. Da läutet das Telefon. Der Schwager stürzt an den Apparat. Ja, sie ist es!

»Ich rufe von weit her an«, flüstert sie. »Ich wollte dir ein letztes Mal Lebewohl sagen. Wie geht es dir?«

Dem Schwager würgt ein Schluchzen die Kehle ab. Er heult wie ein geprügelter Hund in den Hörer.

»Armer Kleiner!«, sagt die Schwägerin. »Wenn du übrigens gar nicht zurechtkommen solltest, könntest du dich mit Hilde zusammentun.«

»An die hab ich auch schon gedacht«, presst der Schwager hervor.

»Aber lieber wär's dir natürlich, wenn ich heut Abend noch zurückkäm?«, forscht die Schwägerin.

»Wie sollte das denn gehen, wenn du im Ausland bist?«, fragt der Schwager.

»Weißt du«, kommt es aus dem Hörer, »wir sind noch gar nicht in La Paz, wo wir hinwollten, sondern immer noch in Milbertshofen, bei Erwins Schwester. Er hat mich gefragt, wie viel Geld ich bei meiner Flucht mitgenommen hätte, und da hab ich gesagt: Nur das Haushaltsgeld für diesen Monat. Und darauf hat er gemeint, damit würden wir kaum nach Südamerika kommen. Offenbar will er selber nichts in unsere Flucht investieren. Er ist übrigens gerade nicht da, er holt sich Zigaretten – von deinem Geld!«

»Das sieht ihm ähnlich«, erwidert der Schwager zornig. »Pass auf: Du verlässt sofort dieses Kupplernest und fährst zur Strafe nicht mit dem Taxi, sondern mit der Straßenbahn nach Hause! Und vergiss die Koffer nicht!«

»Wirst du mir aber auch verzeihen?«

»So schnell nicht, aber ich heiße dich hoffen«, sagt der Schwager, der plötzlich wieder Oberwasser bekommen hat.

Oh ja, solch ein Happyend würde der Schwager ohne weiteres für sich erwarten!

Gemischtes Doppel in der Sauna

Lasst nackte Männer um mich sein! Seit zwölf Jahren geht der Alois jeden Donnerstag in die Sauna, um unter seinesgleichen zwei Pfünderl abzuschwitzen.

Im dreizehnten Jahr trat nun plötzlich eine Neuerung ein. Mittels Fragebogen erkundete der Saunainhaber, ob man dafür wäre oder was dagegen hätte, wenn in Zukunft an jenem Tag auch Damen Zutritt fänden. Man nennt so etwas nach dem Vorbild eines gemischten Doppels beim Tennis »gemischte Sauna« oder auch nach dem Beispiel der Gemeinschaftsschule »Gemeinschaftssauna«.

Wer ist schon gegen gemischtes Doppel oder Gemeinschaftsschule? Doch nur kleinkarierte Spießer oder bescheuerte Reaktionäre!

Man konnte auf dem Fragebogen zwischen »ja«, »nein« oder »egal« wählen. Die meisten stimmten mit »ja«, dem Alois allerdings war es nur »egal«. Er wollte offenbar nicht den Anschein erwecken, als ob er geradezu nach nackten Frauen gierte.

Drei aber waren strikt dagegen. Er könne so was seiner Frau nicht zumuten, meinte der eine. Des zweiten Argument war: Da er nicht wolle, dass sein Lottchen von fremden Männern angegafft werde, sehe er das Gleichheitsprinzip verletzt, wenn er sich anderen Frauen nackt darbiete.

Sein Argument wurde nicht recht ernst genommen, denn da er ein zaundürres Grischperl war, drängte sich die Frage auf, wo sich wohl ein weibliches Auge überhaupt eine Scheibe von ihm abschneiden könne.

Des dritten Gründe waren mehr praktischer Natur. Mit dem Auftauchen von Frauen gehe die Gemütlichkeit und Ungezwungenheit der Donnerstags-Runde verloren, und die zünftigen Männergespräche würden dahinsiechen.

Der Mehrheit gab das zwar zu denken, doch umstimmen ließ man sich nicht mehr.

Der Alois hätte das Problem zu Hause leicht verschweigen können, aber als grundehrlicher Ehekumpel brachte er es sogleich aufs Tapet. »Stell dir diese Gemeinheit vor«, berichtete er seiner Frau, der Franziska, »die wollen jetzt an unserem geheiligten Donnerstag auch Frauen in die Sauna lassen! Ich hab natürlich sofort scharf protestiert, aber ein paar andere, deren Namen ich nicht nennen will, waren aus höchst durchsichtigen Gründen gleich Feuer und Flamme!«

»Das waren bestimmt der Maier-Mandi, der Eberbeck-Gustl und der Schreiner-Hans«, meinte Franziska.

»Genau!«, sagte der Alois. »Es sind halt immer dieselben! – Ja, das ist jetzt saudumm«, fuhr er fort, »du weißt, dass es bei mir nur am Donnerstag geht und dass mein Organismus durch die lange Gewohnheit die Sauna unbedingt braucht. Meinst du also, ich soll trotzdem hingehen, wenn auch mit einer Mordswut im Bauch?«

»Tu, was du nicht lassen kannst!«, sagte Franziska vieldeutig.

»Dann muss ich mich eben überwinden«, sagte der Alois spontan, »da hilft jetzt alles nichts!«

Inzwischen ist ein weiteres Saunajahr ins Land gegangen. Dem Alois ist der Anblick von Evas im Adamskostüm so vertraut geworden wie Rubens' fleischige Weiber den Museumsdienern der Alten Pinakothek. Und wahrscheinlich wie diese empfindet auch er: Der Reiz der Erotik liegt mitnichten auf der nackten Haut, sondern viel eher im Verhüllten, Angedeuteten, Hervorspitzenden, Geahnten …

Übrigens: Der eine, der die Ungezwungenheit dahinschwinden sah, der hat Recht behalten. Hat früher nicht jeder seinen Bauch hängen lassen, wie er wollte? Jetzt zieht man, kaum dass so eine pudelnackte Nixe vorbeischwebt, sein Brauereigeschwür krampfhaft ein, und manche eilen gar alle fünf Minuten an den Spiegel, um ihre Resthaare zu kämmen. Und einen kessen Witz traut sich natürlich auch keiner mehr zu erzählen.

Und so lautet Alois' Botschaft an die breite Öffentlichkeit: In der gemischten Sauna geht es lange nicht so gemischt zu, wie sich das Nichtsaunisten in ihren wüsten Träumen vorstellen!

Traumfrau-Träume

Stolziert sie nur durch schöne Träume, die Traumfrau, oder gibt es sie, wenn auch nur in wenigen Exemplaren, tatsächlich? Eine Umfrage des Schwager-Instituts unter acht befreundeten Ehemännern ergab, je nachdem, ob sie separat oder im Beisein ihrer Frau befragt wurden, völlig konträre Ergebnisse: Im Fall eins war das Verhältnis Traumfrau – Nichttraumfrau null zu acht, im Fall zwei acht zu null. So was von ehemännlicher Scheinheiligkeit muss man sich einmal vorstellen!

Zumindest auf dem Standesamt und vor dem Traualtar glauben viele noch, eine echte Traumfrau an ihrer Seite zu haben, leicht benebelt von dem Schlagertext »Ganz in Weiß mit einem Blumenstrauß …«. Manche freilich ahnen bereits dort, dass der Traum von Freiheit und Selbstbestimmung bald platzen könnte, sollte die Traumfrau aus dem Schlaf erwachen und den Traumfrau-Träumer mit dem Ehealltag konfrontieren. Ob er dann immer noch von einer Traumhochzeit sprechen wird?

Aber läuft es mit dem Traummann nicht ähnlich? Vom verliebt-verlobten Charmeur zum grantelnden Ehemann ist es oft nur ein kurzer Sprung – vom Seitensprung erst gar nicht zu reden! Eine Umfrage unter befreundeten Ehefrauen brächte wohl zutage, dass die viel weniger scheinheilig sind und ihrem Mann das Prädikat »Traum« selbst in dessen Beisein erbarmungslos streichen würden. Alle Achtung!

Wie hat man sich nun eine Traumfrau, wie einen Traummann vorzustellen?

Da klaffen die Meinungen weit auseinander! Der eine sieht sie als makellose Schönheit, der er jeden Wunsch von den Augen abliest; der andere als Heimchen am Herd, das ihm lebenslange Abspül-Freiheit beschert; die eine stellt sich ihn als ewigen Rosenkavalier vor, die andere als Kumpel, der seinen Waschbrettbauch auch einmal beim Kinderwagenschieben oder Staubsaugen trainiert. Die Geschmäcker sind eben verschieden.

Jedem Ehemann steht es übrigens in Krisenzeiten frei, von einer Traumfrau zu träumen, jeder Ehefrau, von einem Traummann. Selbst in Doppelbetten ist das gefahrlos möglich. Nur sollten diese nächtlichen Traumfiguren streng für sich behalten werden, sonst könnte der nächste Tag zum Albtraum werden!

Rund um die gute alte Zeit

Ein Eis für den König

An der Residenz, die Oper vor Augen und das Denkmal von Bayerns erstem König Max Joseph, sind noch Plätze am Steinsockel frei. Ich setze mich und sage »Servus« zum König. Ein bisserl Latein wird er ja wohl können.

Ein sympathischer King. Er reitet nicht auf einem Schlachtross, er sitzt bequem in einem Großvatersessel, wie sie wieder modern geworden sind. Das Zepter hat er in die Beuge des linken Arms gelegt, als sei es ihm lästig. Die Rechte hält er jovial grüßend in die Höhe, wie es Landesväter eben so zu tun pflegen.

Wenn man die Augen schließt, hört man die Symphonie der Großstadt anschwellen und abebben. Es rauscht in den Ohren wie Brandung. Hoppla, beinahe wäre man eingeschlafen. Angenehm, den Kopf auf die Steinquader zurückzulehnen und in der Nachmittagssonne dahinzudösen …

Auf einmal streckt das Denkmal seine Hand nach mir und rüttelt mich an der Schulter: »Heda, hol Er mir eine Portion Eis«, sagt eine tiefe Bassstimme.

»Recht gern, Majestät«, antworte ich, »geben S' mir bitt schön a Geld!«

Der König greift in sein Gilettaschl und holt ein Goldstück hervor. »Welches Jahr haben wir eigentlich?«, fragt er.

»Wir schreiben 1971, Sire!« (Dass man »Sire« sagt, weiß ich aus den Dramen von Schiller.) Jetzt staunt die alte Majestät. »Das ist ja ungeheuerlich! Und wer regiert mein Bayern?«

Wer möchte schon so einem lieben, alten Herrn, der von nichts was weiß, wehtun? Und etwa was von Republik und Tributzahlungen nach Bonn verlauten lassen?

Ich sage: »Unser allergnädigster Herr ist jetzt König Alfons aus dem Geschlecht der Goppeliden. Die Wittelsbacher sind leider ausgestorben!«, lüge ich Not.

»Goppeliden? – Never heard«, sagt Max Joseph. »Doch wieso konnten wir aussterben? Wenn ich an meinen Sohn Ludwig denke (er meint den späteren König Ludwig I.), was das für ein Bursche war …«

»Denken S' lieber nicht an ihn, Sire, er hat mit einem fremden Theatermensch was gehabt und hat abdanken müssen!«

»Um Himmels willen!«

»Regen S' Ihnen nicht auf, Majestät, das ist noch lang nicht das Schlimmste, was uns in der Zwischenzeit passiert ist!«

»Aber dem Volk scheint es doch recht ordentlich zu gehen«, meint der König. »Die Bürger sind gut gekleidet, und der Adel fährt in diesen neuartigen Kutschen herum, die sich ohne Pferde bewegen. Wie funktioniert das eigentlich?«

»Das ist nicht der Adel, Majestät, das sind wir, die Werktätigen: Fliesenleger, Metzger, Bauern, Putzfrauen, Schullehrer, Kaminkehrer, Hausfrauen. Aber so genau kann ich Ihnen das auch nicht erklären. Auch nicht, warum diese Wagen fahren. Man schüttet eine Flüssigkeit in das Innere, die man Benzin nennt, und dann …«

»Erstaunlich. Wer hat denn das erfunden?«

»Das wissen Sie nicht? Das war doch der, nun, wie heißt er doch gleich wieder? Ich hab ihn auf der Zunge. Soll ich das Deutsche Museum anrufen?«

»Das Deutsche Museum? Was ist denn das nun wieder? Und anrufen?«

»Sire, es ist vielleicht besser, wenn ich jetzt das Eis hole.«

»Bleib Er noch eine Weile. Was machen eigentlich die Habsburger?«

»Sie haben Einreiseverbot in Österreich, Sire.«

»Und Napoleon?«

»Der liegt im Invalidendom zu Paris und wirkt als Magnet für den Fremdenverkehr.«

»Und die Hohenzollern?«

»Die tauchen manchmal noch in Illustrierten auf. Aber ich hol Ihnen jetzt ...«

»Ein Letztes: Was denkt die Nachwelt über mich?«

»Das Volk, Sire, hat heutzutage nicht mehr viel Zeit zum Denken. Wir leben in einer strammen Leistungsgesellschaft, in der jeder so viel leistet, wie er vermag, um sich noch mehr leisten zu können. Ihre Epoche ist längst in dicke Wälzer gebunden, die niemand mehr liest. Wir haben nämlich heute das Fernsehen. Wenn nicht zufällig dieser Platz Ihren Namen trüge, würden viele Sie wahrscheinlich für Richard Wagner halten. Das war ein sächsischer Komponist, der Ihrem Urenkel ... Aber es ist wirklich besser, wenn ich Ihnen das Eis hole. Vielleicht Erdbeer und Vanille gemischt?«

So plötzlich, wie er gekommen ist, weicht er zurück. Die Symphonie dröhnt wieder in den Ohren. Ich schlage die Augen auf. Eine Frau dreht sich im Vorbeigehen um und lacht. Max Joseph I. sitzt auf seinem Stuhl und winkt mit der Rechten herüber.

Am helllichten Nachmittag neben dem Nationaltheater zu schlafen! Daheim lese ich in einem Nachschlagewerk, dass König Max Joseph I. sehr dagegen war, zu Stuhl auf seinem Denkmal zu sitzen. Auch er wollte aufs hohe Ross. Doch bevor er es durchsetzen konnte, segnete er, wie man so schön sagt, das Zeitliche.

Hätten Sie sich das träumen lassen?

Notschlachtung eines Klaviers

Schwarz gebeizte deutsche Eiche mit gelblich gewordenen Elfenbein-Zähnen: Einst warst du der Stolz der Familie, Prunkstück des Wohnzimmers, soziales Aufwertungsmöbel in der Drei-Zimmer-Wohnung, zentnerschwerer Lockvogel der Frau Musica. Unter den strengen Augen des Klavierlehrers und dem trotz aller falschen Töne wohlgefälligen Lauschen der Eltern spielten wir darauf »Kuckuck, Kuckuck, ruft's aus dem Wald« und bald darauf auch schon »Ännchen von Tharau« in C-Dur, um mit der Zeit zu leichteren Walzern (»Über den Wellen«) und leider auch dem Marsch »Preußens Gloria« fortzuschreiten.

Eine glänzende Zukunft als Pianist eröffnete sich uns Kindern, doch anstatt von Woche zu Woche voller in die Tasten zu greifen, schlich sich bald Unlust ein. Es ereignete sich bei den Etüden eines gewissen Czerny, dass der Ruf der Gasse immer lauter und die Miene des Lehrers immer säuerlicher wurde. Als der verhasste Pädagoge eines Tages einen Stellungsbefehl zu einer Regimentsmusik bekam, atmete alles befreit auf. Die Bestellung eines Nachfolgers unterblieb, da wir Kinder gelobten, uns nun selbst weiterzubilden. Ein sehr kühnes Versprechen, denn wir hatten nun einmal nicht das, was man einen »musikalischen Hinterkopf« nennt.

Um ehrlich zu sein: Über zwei Kreuze und ein b kamen wir nicht hinaus. Doch reichte unser bescheidenes Können, um bei Verwandtenbesuchen oder an Weihnachten als Paradepferdchen und musische Alibi-Diener der Aufforderung »Spiel doch mal was Nettes auf dem Klavier!« mit Anstand nachzukommen. Was verstanden denn diese Laien schon von »Ritardando« und »Molto vivace«?

Zu meiner Ehre muss ich anfügen, dass ich stets mit Abstand der lautere Spieler war und sich meine Schwester im »Anschlag mit Gasgeben« nie mit mir messen konnte. Meine Klangfülle war in der Nachbarschaft gefürchtet!

Ja, dieses liebe, alte, brave, geduldige Klavier! Nichts ist ihm erspart geblieben! Während des Krieges meldeten Spione seinen Standort den Amerikanern, und die versuchten prompt, es mit einer Zwei-Zentner-Bombe zu erledigen. Zum Glück brannten aber nur das Dach und der vierte Stock ab. Drei Wochen stand das Klavier, von der Notfeuerwehr schwer wassergeschädigt, im Hausgang, dann wanderte es ins Exil nach Oberhaching, in eine Scheune. Der Landwirt war so großzügig, es bei zwei Anzügen als Miete bewenden zu lassen.

Nach dem Krieg kehrte das Klavier im Triumph zurück, wurde frisch poliert und neu gestimmt, und manchmal spielten wir darauf sogar in alter Meisterschaft. Doch dann gingen wir beide ab durch Heirat. Versuche der Altvorderen, das Instrument an uns weiterzureichen, scheiterten an unserem hinhaltenden Widerstand (»Es passt net zu unseren Möbeln!«).

Als aber dann der elterliche Haushalt verkleinert wurde, war für das Klavier keine Bleibe mehr. Meine Schwester widersetzte sich erfolgreich dem Ansinnen, es zu sich zu nehmen, und verwies dabei immer wieder auf mich, den sowieso lautstärkeren Spieler. Da genügte ich ohne langes Besinnen meiner Sohnespflicht und gab dem schwarzen Scheusal einen schönen, sonnigen Platz im weiß lackierten Schlafzimmer, wodurch ein wunderbarer Kontrast entstand.

Hier muss noch bemerkt werden, dass die früheren und späteren Umzüge jedes Mal viele Flüche, Schweißtropfen, Trinkgelder und zerschundene Stiegen kosteten, denn dieses unser Klavier hatte ein Gewicht wie ein mittlerer Ammerseedampfer.

Bis jetzt liest sich die Geschichte für den unbeteiligten Leser vielleicht wie ein Lustspiel. Diesem aber folgt nun die Tragödie auf dem Fuße. Der Schreiber dieser Zeilen muss sich selber als Barbar entlarven. Ach, Furchtbares ist geschehen, ein Unglück, nicht mehr wieder gutzumachen. Mit dem Hackebeil (!) hab ich, ohne geistig umnachtet zu sein, dem lieben alten Klapperdeckel-Kasten in die Flanken geschlagen, um Platz für eine Frisierkommode zu schaffen.

Doch so herz- und pietätlos war ich nicht, vorher keine Rettungsversuche unternommen zu haben. Wie saures Bier bot ich mein Klavier überall an, telefonierte sogar mit Klavierhändlern, um es ihnen für fünf Mark zu verkaufen oder, wenn es gar nicht anders ginge, zu schenken. Sie fragten nach dem Baujahr, als handle es sich um ein Auto, und sagten darauf kalt: kein Interesse. Nur einer war willig, es zu nehmen, falls man es ihm ins Haus brächte.

Da dachte ich: Was die können, nämlich ausschlachten, das kannst du auch! Und vielleicht leidet es nicht so, wenn du es bist, der ihm den Todesstoß versetzt. Dann schritt ich zur Tat. Tät's nimmer!

Zuerst ging es ganz leicht. Mit dem Schraubenzieher ließen sich Deckel und Oberkante lösen. Dann fiel unter sanfter Gewalt die ganze Vorderfront, und da lief erstmals ein hundertstimmiges, schauriges Stöhnen durch das bedauernswerte Möbel. Es ging mir durch Mark und Bein. Das hatte keinen Verwandten mehr zu »Heinzelmännchens Wachtparade«, klang eher wie die Racheschwüre gefolterter Sträflinge. Gut hundert Schrauben, die den Stimmstock ans Gebälk fesselten, löste ich, und bei jeder ächzten die Saiten gleich verlorenen Seelen und klagten mich an.

Nun lockerten sich die Tasten wie die Zähne einer alten Großmutter und ließen sich schließlich herausnehmen wie ein drittes Gebiss. Mit dem Hackl stemmte ich die angeleimten Seitenwände heraus, und wieder schrie das Klavier auf wie eine verwundete Lokomotive. Um der Qual ein Ende zu machen, griff ich zur Beißzange und trennte Saite für Saite vom Stimmstock, wobei mir jede einzelne einen schrillen Fluch nachschickte.

Ich kann es meinem Klavier nicht verdenken, dass es mir in Notwehr die Finger zerkratzte und zerstach und nach einem Axtschlag einen abgesplitterten Teil des Resonanzbodens wie ein Florett in die Brust bohrte.

Endlich stand das Klavier nackt vor uns, mit herabhängenden Saiten wie die ungekämmte Lorelei. Dieser armselige Rest war immer noch so schwer, dass ihn drei Mann nur mit äußerster Anstrengung in den Hof hinuntertragen konnten.

Ein letztens Aufbäumen, als wir mit roher Gewalt die gusseisernen Innereien vom schweren Gebälk der Rückfront trennten, das dem Dachstuhl einer gotischen Kirche alle Ehre gemacht hätte. Den Rest besorgte die Säge. Hinter gelupften Vorhängen verfolgte die Nachbarschaft kopfschüttelnd die vandalische Tat.

Ich geb's zu: Ich schämte mich! Das erste Kleinholz hat nun bereits der Ofen unter wollüstigem Knistern und Knastern gefressen: besonders die leckeren Tastenfinger. Kuckuck, Kuckuck, ruft's aus dem Herd! Ein Traum ist in Flammen aufgegangen, ein Stück Kinderzeit verbrannt. Ade, ihr lieben, zaghaften Mozart-Menuetterl, ade auch, du schneidiger Musinan-Marsch und du heiteres Wiener-Lieder-Potpourri. Ihr wärmt mir nun die Stube, aber nimmer das Herz. Und wie sag ich's meiner Mutter?

Schulausflug anno dazumal

Wenn die Maiensonne durch die großflächigen Fenster des Klassenzimmers schien und goldene Kringel auf die große, schwarze Tafel malte, dann floh die Fantasie der kleinen Einmaleins-Gefangenen hinunter in den Schulhof, eilte die Straßen entlang und spielte sich mit »Räuber und Schandi« in die Freiheit der Hinterhöfe.

Der kleine Rudi saß auch unter diesen Träumern. In der Pause allerdings zeigte er sich als Mann der Tat. In einer viel beachteten Aktion (Äkschn würde man heute sagen) schlich er sich vom Schulhof ins Klassenzimmer zurück und malte in aller gebotenen Eile einen Spruch an die Tafel, ein geflügeltes Wort, das alle bei der Rückkehr laut bejubelten: »Das Wetter ist heiter, der Himmel ist schön, wir bitten Herrn Lehrer, spazieren zu gehn. Aber nicht nur um die Ecke, sondern eine weite Strecke!«

Von Schiller war dieser Spruch zwar nicht, aber Wirkung zeigte er doch. Nicht die befürchtete Zornesröte überzog das Gesicht des Pädagogen, sondern ein leichtes Schmunzeln kräuselte seine Lippen. Er forschte auch nicht lange nach dem »Tafelspitz«, sondern ließ den Spruch vom Specht-Erich, der in der ersten Reihe saß, löschen und meinte dann, er werde einmal in dieser Sache mit dem Herrn Rektor sprechen. So einen Beifall wie da hatte er noch nie bekommen!

Dann ging der Unterricht weiter: »Wenn ein Bauer drei Hennen hat, und jede legt werktags ein Ei, wie viel Milch gibt dann seine Kuh am Sonntag?«

Bald darauf haben wir dann den Schulausflug gemacht. Er führte an einen Ort, der mindestens fünftausend Meter von der Schule entfernt lag, nämlich mitten hinein ins Herz von Laim, wobei eine Bahnlinie unterquert und eine riesige Savanne durchwandert werden musste.

Schafweiden und ein paar Kleingärten, sonst war da nichts. Wo heute der Blick an Hochhäuser stößt, schweifte er damals ungehindert »gen Westen«. Auf einem kleinen Sandstraßerl zogen wir dahin. Der Lechner-Rudi, dem vor nichts grauste, hat mit Schafboiderln geschmissen und der Schauer-Willi dem Stratz-Fredi die blanken Wadeln mit Brennnesseln poliert, dass der furchtbare Jodler ausgestoßen hat.

Angekommen bei der Laimer Schule an der Fürstenrieder Straße, haben wir uns auf das kleine Standl gegenüber, heute sagt man Kiosk, gestürzt und Liebesperlen, Brausepulver und »Doppelte« gekauft – das waren Bonbons, von denen man um einen Pfennig zwei bekommen hat. Unser Lehrer aber ist in die Schule hineingegangen und mit einem Fräulein, einer Lehrerin, wieder herausgekommen. Er hat ihr seine Lausbuben gezeigt und gesagt, dass er viel Freude, aber auch sehr viel Verdruss mit uns hätte. Und das Fräulein, das sehr jung und fesch war, hat gefragt, ob er glaube, dass die ihren besser seien.

Sie haben noch eine Weile geflüstert und gekudert, wir haben unsere Brotzeit aus unseren Rucksackerln geholt, und dann sind wir wieder in die angestammte Schwanthalerhöh zurückgewandert.

Daheim hab ich meiner Mutter gleich erzählen müssen, wie es war. Als ich das mit dem Fräulein gesagt hab, hat sie meinen Vater bedeutungsvoll angeschaut und gemeint: »Der duad si scho arg leicht.«

Damals hab ich das nicht verstanden. Heute, über ein halbes Jahrhundert später, denke ich mir: Recht hat er gehabt, unser Lehrer! Wenn er schon ein so nettes Fräulein in Laim gewusst hat, warum hätte er uns dann nach Starnberg treiben sollen, wo es doch bloß alte Schraubendampfer gab!

Memoiren eines schwatzhaften Schülers

»Ein recht schwatzhafter Schüler, der auf Ermahnungen des Lehrers nicht hört, sondern nur ein ärgerliches Lachen dafür hat«. Mit dieser Bemerkung im Zeugnis zahlte der Oberlehrer Holzgartner – neben augenblicklich verabreichten vier Tatzen – dem Biwi heim, dass ihm beim heimlichen Hantieren mit einem Kapselrevolver der Hahn ausgekommen war und ein lauter, doch völlig harmloser Schuss den Unterricht zerrissen hatte.

Nach der Zeugnisverteilung hatte der Herr Oberlehrer den staunenden Vorstadtsöhnen stolz und hoffärtig erklärt, dass er in der Vakanz – damals sagte man in Bayern noch Vakanz und nicht Ferien – in die Dolomiten fahre.

Der Biwi wusste nicht genau, was und wo die Dolomiten waren. Im Karl May kamen sie jedenfalls nicht vor. Vielleicht war es ein geheimnisvolles Dschungelgebiet in Südamerika? Wo es giftige Schlangen und vielleicht sogar Menschenfresser gab?

Weil er erst gestern, beim Schlussgottesdienst, gebeichtet hatte und deshalb noch im Zustand verhältnismäßiger Reinheit war, unterdrückte der Biwi eine jäh aufsteigende Vision, die ihm seinen Lehrer in einem dampfenden Kessel sitzend und von speerschwingenden Wilden umtanzt vorgaukeln wollte.

»Der mog di scheinbar net«, sagte die Mutter, nachdem sie das Zeugnis gelesen hatte.

»Des is bloß, weil mir der Kapselrevolver losganga is«, meinte treuherzig der Biwi.

»Dafür hast deine Tatzen kriagt«, sagte die Mutter. »Drei Tag lang warn s' gschwolln, deine Finger. Langt denn des no net?«

Sie hatte ein großes Gerechtigkeitsgefühl und ließ im Übrigen nichts auf ihren Biwi kommen. »Wenn der di net mog«, befand sie, »dann mögn mir ihn scho glei zwoamal net!«

Dadurch erkannte der Biwi, dass er nach wie vor geliebt wurde und die Wohnung im zweiten Stock Rückgebäude eine feste Burg war, die Schutz und Halt in allen Fährnissen des Lebens bot. Und er sagte voll Dankbarkeit: »Soll i dir 's Sach holn, Mama? Oder 's Linoleum blockn?«

Hätte der Biwi damals seine Mutter gefragt, ob sie vielleicht zufällig wisse, wo die Dolomiten wären, so hätte sie zwar nicht gesagt: »Gib halt 's nächste Mal besser Obacht auf dei Glump«, doch exakt hätte sie nicht darauf antworten können. Die Dolomiten lagen, von ihrem Hinterhoffenster aus gesehen, in unerreichbarer Ferne, in die zwar Straßen und Schienen, aber kein Weg hinführte.

Wohin Wege führten, das war zu Tante und Onkel nach Deisenhofen, über die Donnersbergerbrücke ins Dantebad oder die Westendstraße hinaus zur Hansawiese. Nicht zu vergessen der Radlerweg nach Starnberg, der sich in sonnendurchflutete Himbeer-Gründe oder stille Hängematten-Platzerl am Seeufer verzweigte.

Mit dünnen Steckerlarmen teilte der Biwi den gewaltigen See, immer weiter hinaus schwamm er, schon schrumpften die Eltern am Ufer zu Zwergen, und der Biwi dachte: Wenn jetzt ein Hai käme und mich in die

Tiefe zöge, dann würden sie wohl bitterlich um mich weinen. Ein Gefühl, gemischt aus Befriedigung und Angst, befiel ihn, mit großen Augen schaute er in die undurchdringliche Tiefe hinab; dann warf er sich herum und schwamm, so schnell er konnte, ans rettende Ufer zurück.

»So weit schwimmst mir fei nimmer naus!«, sagte der Vater. »Wennst an Wadlkrampf kriagst, bist verlorn!«

»Wia groß is mei Kopf gwen, wia i am weitesten draußn gwen bin?«, fragte der Biwi.

Der Vater zeigte mit Daumen und Zeigefinger die Größe eines Schussers.

Der Biwi nickte, als hätte er nichts anderes erwartet. Trotz der vorübergehenden kleinen Schwäche überkam ihn die Gewissheit, ein einmaliger Held zu sein. Er streckte sich auf die Bügeldecke und vertiefte sich wieder in sein John-Kling-Heftl »Im Netz der Diamanten-Lilly«.

Der erste Ferientag, der war der allerschönste! Das Aufwachen am Morgen und das Nichtaufstehenmüssen. In der Küche rumorte der Vater, rasierte sich, die Mutter schepperte mit dem Kaffeegeschirr.

Der Biwi träumte. Eine unermessliche Spanne Freiheit lag vor ihm, von der noch keine einzige Stunde abgeschnitten war. Er sah sich mit seinen Freunden im Hof drunten, ein Schnittlauchbrettl in der Hand, Tennis spielen, vor dem Postamt in der Bergmannstraße auf die Fahrräder der Erwachsenen aufpassen und den Lohn beim Bäcker Widmann in köstliche Schaumrollen umsetzen, sah seinen selbst gebauten Drachen neben dem Kopf der Bavaria im Sommerhimmel hängen.

Und er streckte und dehnte noch einmal seinen schmächtigen Knabenkörper und fühlte in einem bittersüßen Augenblick der Erkenntnis, dass schon morgen der Traum ein Stück kürzer, dass die Freiheit, die in ihm und draußen vor dem Fenster lockte und leuchtete, nie mehr so groß, so strahlend, so unversehrt sein würde wie jetzt.

Die ersten Brettl

Seine ersten Skier, die wird der Maxl nie vergessen: Sie lehnten in der Ecke und lachten ihn mit neu lackierten Spitzln an, während er im ersten Stimmbruch mit dem Lied »Stille Nacht, heilige Nacht« kämpfte.

Das Christkind hatte die Brettl günstig vom Vetter Max besorgt, dem sie zu klein geworden waren. Auch seine Stiefel hatte es der Einfachheit halber gleich mitgebracht, frisch aufgerichtet, versteht sich, und die vielen Schrammen im Oberleder sorgfältig mit Schuhcreme zugebürstet.

»Unbandig!«, sagte er, als er die Skier im Zimmer anschnallte. So sagte man damals, um seine höchsten Gefühle auszudrücken.

Oh nein, ins Gebirge fuhr er an den Weihnachtsfeiertagen nicht. Die Berge waren weit, unerreichbar lagen sie im Süden, die Theresienwiese aber, die lag nah. Er übte und übte, unermüdlich stieg er das Bergerl hinauf und schoss hinunter, rappelte sich nach Stürzen wieder auf. Die Hänge waren voll von seinesgleichen. Auch jüngere Erwachsene waren darunter, bargeldkrank wie die meisten.

Bald konnte er mit seinen Spezln darangehen, eine Schanze zu bauen. Oben am Geländer saßen die Mädchen, schlenkerten mit den Beinen, lachten und tuschelten. Da ging er in die Spur, drückte sich ab, riss die Arme nach vorne, schoss hinaus – und blieb bewusstlos liegen. Es waren bloß zwei, drei Minuten. Als er aus seiner Ohnmacht erwachte, standen sie im Kreis um ihn. »Vier Meter fünfzig«, verkündete ihm der Wolfi. Er erhob sich, tastete seine Beine ab. Alles in Ordnung. Auch die Neumeier-Muschi war heruntergelaufen. »Du bist aber oana«, sagte sie leise. Er fühlte, dass es eine Liebeserklärung war, und sein Herz fing laut zu klopfen an.

Herrschaftseiten, lasst mich doch in Ruhe mit euren seidenen Schlafröcken zu Weihnachten, mit Whisky- und Kognakflaschen, mit elektrischen Rasierapparaten, Bildbänden und Beethovenplatten! Ich möchte meine ersten Brettl wieder haben! Wie damals, als die Muschi kam …

Aufgefahren in den Himmel der Glückseligkeit

Wenn man übersättigt ist, gilt das Schönste und Beste nichts mehr. Sogar beim Rolltreppenfahren kann einem diese simple Weisheit auffahren.

Im Himmel hat es wahrscheinlich schon immer Rolltreppen gegeben. Die Englein brauchen sie freilich nicht, weil sie sich mittels Flügelschlag vorwärts bewegen. Für Gottvater aber sind sie das rechte, würdevolle Gleit- und Schwebemittel. Es ist ein schönes Bild, sich vorzustellen, wie er von Wolke zu Wolke, von Ressort zu Ressort fährt und seinen Abteilungsleitern streng, aber auch wiederum voller Güte die Leviten liest.

Auf der Erde sind die Rolltreppen erst in den zwanziger Jahren aufgekommen. Der Erste, der sie in München hatte, war der Uhlfelder im Rosental, ein Kaufhaus, das längst nicht mehr existiert.

Heute gibt es Rolltreppen schon an jedem besseren Straßeneck. Nicht wenige verschmähen die lautlos gleitenden Stufen und laufen daneben die Betontreppe hoch, die anderen aber, die sie benutzen, schauen so gelangweilt und lustlos drein wie eine Herde Schafe, die man über eine asphaltierte Wiese treibt.

Ein dickes Packl Zeit fällt plötzlich von den Schultern des Schwagers, und er sieht sich mit ein paar Schulspezln zum Uhlfelder streunen und darin diese erste und herrlichste Rolltreppe seines Lebens auf- und niederfahren, so lange, bis eine Verkäuferin ihn und die

Spezln an den Ohren nimmt und an die frische Luft setzt.

Aber noch hatten sie nicht genug von diesem wundervollen Auf und Ab, und so sind sie weitergezogen zum rotgeziegelten Hochhaus an der Blumenstraße und dort ein paar Mal mit seinem sagenhaften Paternoster hinauf- und hinuntergerumpelt.

Das waren Erlebnisse, von denen man noch wochenlang gezehrt hat, ja, die beinah anknüpften an das Apostolische Glaubensbekenntnis: Aufgefahren in den Himmel, er sitzt zur Rechten Gottes, des allmächtigen Vaters, von dort wird er kommen zu richten die Lebenden und die Toten …

Ja, so ist's nun einmal: Als es nur eine einzige Rolltreppe in München gab, da übte sie eine gewaltige Faszination aus. Seit sich aber jeder täglich die Stiefel dran abputzen kann, ist sie zu einer Sklavin des Alltags geworden, der die Leute Fußtritte versetzen, wenn sie einmal mit herausgesprungener Bandscheibe still steht.

Und gilt etwas Ähnliches nicht auch für die Schlafanzüge, die Goldbroschen und die Parfümflascherl, die wir am Heiligen Abend auspacken und ohne viel Begeisterung zu den übrigen Schlafanzügen, Goldbroschen und Parfümflascherln legen?

Wünschen wir uns also zum Fest keinen allzu großen Zuwachs zum Allzuviel, sondern zur rechten Zeit ein ganz kleines, privates Erinnerungs-Rolltrepperl, das uns zurückbringt in die Bescheidenheit der Kindheit, als man noch so leicht, so mühelos, so anmutig aufgefahren ist in den Himmel der Glückseligkeit.

Ein Ziehen in der Brust

Heiliger Abend in der Münchner Vorstadt. Ich weiß noch gut, wie wir uns als Kinder am Nachmittag auf der Straße herumgetrieben haben. Die Buben hatten sich eine Rutschbahn am Gehsteig gemacht. Am Gollierplatz lagen hoch aufgetürmte Schneeberge, von Arbeitslosen angekarrt. Schneeflocken tanzten wie verwirrte Träumer vom Himmel, überlegten lange, wohin sie fallen sollten. Man musste ihnen ein paar Häuser weit mit offenem Mund nachlaufen, den Kopf im Genick, bis man sie, ein winziges, nasses Nichts, auf der Zunge zergehen fühlte.

Schließlich vertrollte sich einer nach dem andern, wurde von einem Haustor verschluckt, verschwand um die Ecke. Keiner kam wieder. Da fühlte man ein nie gekanntes Ziehen in der Brust, halb Freude, halb bange Erwartung. Ganz allein war man nun auf der Gasse. Mit gewaltigem Anlauf rutschte man noch einmal, wie zum Trotz, die Bahn entlang. Von der Rupertuskirche schlug es halb fünf. Dämmerung fiel auf die Straße, schnell versanken die Häuser darin. Da rannte man heim, war gerettet, als die Gangtür geöffnet wurde. Freiwillig ließ man sich in die Kammer sperren. Sie schimpften ein wenig, weil man so lange ausgeblieben war. Die sorgten sich wirklich um einen! Bald darauf läuteten sie mit der Glocke zur Bescherung.

Einmal kam ich heim an einem Heiligen Abend im Krieg. Da spürte ich es wieder wie damals, als ich noch ein Bub gewesen und ein letztes Mal über die eisige Bahn gerutscht war: dieses eigenartige Ziehen in der

Brust, dieses Gefühl, aus Weh und Freude gemischt. Mit der Straßenbahn fuhr ich in den Abend hinein, nach Hause. Die Straßen waren leer. Vier Tage waren mir geschenkt, keiner mehr. Mein Freund Erich vom ersten Stock lag damals schon in der kalten Erde Russlands. Bedrückt ging ich an seiner Tür vorbei.

Ein paar Jahre nach dem Krieg sah ich am Heiligen Abend einen Bettler unterm Karlstor sitzen. Das rechte Bein hatte er im Krieg verloren. Auf einer Mundharmonika spielte er Weihnachtslieder. Markstücke regneten in seinen Hut, der vor ihm auf dem Boden stand. Der Dank des Vaterlands?

Viele Heilige Abende sind seitdem vergangen, armselige und doch glückliche unmittelbar nach dem Krieg, dann Feste mit immer reicher gedeckten Tischen.

Wenn bald wieder im Familienkreis das Lied von der stillen, heiligen Nacht angestimmt wird, stockend und ein bisserl falsch, werden all die Heiligen Abende der Vergangenheit wieder auf seltsame Weise auferstehen, und all die Christbäume, die großen und die kleinen, die mir geleuchtet haben, werden in dem Lichterbaum glänzen, der mit bunten Glaskugeln behangen in der Stube stehen wird. In einem Christbaumständer, der als Überbleibsel aus den zwanziger Jahren immer noch brav und anhänglich seine Pflicht tut und so eine Brücke zurück zum Weihnachten mit Eltern und Geschwistern schlägt.